M. C. BEATON

Hamish Macbeth fischt im Trüben

Weitere Titel der Autorin:

Agatha-Raisin-Reihe
Agatha Raisin und der tote Richter
Agatha Raisin und der tote Tierarzt
Agatha Raisin und die tote Gärtnerin
Agatha Raisin und die Tote im Feld
Agatha Raisin und der tote Ehemann
Agatha Raisin und die tote Urlauberin
Agatha Raisin und der Tote im Wasser
Agatha Raisin und der tote Friseur
Agatha Raisin und die tote Hexe
Agatha Raisin und der tote Gutsherr
Agatha Raisin und die tote Geliebte
Agatha Raisin und die ertrunkene Braut
Agatha Raisin und der tote Kaplan
Agatha Raisin und das Geisterhaus
Agatha Raisin und der tote Auftragskiller
Agatha Raisin und der tote Göttergatte
Agatha Raisin und die Tote am Strand
Agatha Raisin und die tote Witwe
Agatha Raisin und das tödliche Kirchenfest
Agatha Raisin und die tote Rivalin
Agatha Raisin und der Tote im Blumenbeet
Agatha Raisin und der tote Polizist
Agatha Raisin und der tödliche Biss

Hamish-Macbeth-Reihe
Hamish Macbeth fischt im Trüben
Hamish Macbeth geht auf die Pirsch
Hamish Macbeth und das Skelett im Moor
Hamish Macbeth spuckt Gift und Galle
Hamish Macbeth und das tote Flittchen
Hamish Macbeth ist reif für die Insel
Hamish Macbeth und der tote Witzbold
Hamish Macbeth hat ein Date mit dem Tod
Hamish Macbeth riecht Ärger
Hamish Macbeth lässt sich nicht um den Finger wickeln
Hamish Macbeth riskiert Kopf und Kragen
Hamish Macbeth kämpft um seine Ehre
Hamish Macbeth vergeht das Grinsen
Hamish Macbeth verschlägt es die Sprache
Hamish Macbeth fängt einen dicken Fisch
Hamish Macbeth macht sich die Finger schmutzig

Über die Autorin:

M. C. Beaton ist eines der zahlreichen Pseudonyme der schottischen Autorin Marion Chesney. Nachdem sie lange Zeit als Theaterkritikerin und Journalistin für verschiedene britische Zeitungen tätig war, beschloss sie, sich ganz der Schriftstellerei zu widmen. Mit ihren Krimi-Reihen um die englische Detektivin Agatha Raisin und den schottischen Dorfpolizisten Hamish Macbeth feierte sie große Erfolge in über 17 Ländern. Sie starb Ende 2019 im Alter von 83 Jahren.

M.C. BEATON

Hamish Macbeth fischt im Truben

KRIMINALROMAN

Kriminalroman

Aus dem Englischen von
Sabine Schilasky

Lübbe

NACHHALTIG PRODUZIERT

Die Bastei Lübbe AG verfolgt eine nachhaltige Buchproduktion. Wir verwenden Papiere aus nachhaltiger Forstwirtschaft und verzichten darauf, Bücher einzeln in Folie zu verpacken. Wir stellen unsere Bücher in Deutschland und Europa (EU) her und arbeiten mit den Druckereien kontinuierlich an einer positiven Ökobilanz.

FSC
www.fsc.org
MIX
Papier | Fördert gute Waldnutzung
FSC® C014496

Vollständige Taschenbuchausgabe
der bei Bastei Lübbe erschienenen Taschenbuchausgabe

Titel der englischen Originalausgabe:
»Death of a Gossip«

Dieses Werk wurde vermittelt durch die
Literarische Agentur Thomas Schlück GmbH, 30161 Hannover.

Umschlaggestaltung: Guter Punkt, München | www.guter-punkt.de
Einband-/Umschlagmotiv: © Lilly Carreras/iStock/Getty Images Plus;
Suwaree Tangbovornpichet/iStock/Getty Images Plus; L_Mirror/iStock/Getty Images Plus;
Sina Ettmer/Adobe Stock Images; nakornkhai/iStock/Getty Images Plus;
Satz: hanseatenSatz-bremen, Bremen
Gesetzt aus der Bembo Std.
Druck und Verarbeitung: GGP Media GmbH, Pößneck

Printed in Germany
ISBN 978-3-404-19348-6

2 4 5 3 1

Sie finden uns im Internet unter
luebbe.de
Bitte beachten Sie auch: lesejury.de

Im Andenken an die Fleet-Street-Tage.
Für meine sehr liebe Freundin
Rita Marshall

Die Personen

(in der Reihenfolge ihres Auftretens)

JOHN CARTWRIGHT: Betreiber der Lochdubh School of Casting: Salmon and Trout Fishing, in der er alles über das Lachs- und Forellenangeln lehrt
HEATHER CARTWRIGHT: seine Frau und Mitbesitzerin der Angelschule
MARVIN ROTH: amerikanischer Geschäftsmann und angehender Kongressabgeordneter
AMY ROTH: seine Frau
LADY JANE WINTERS: Witwe aus besseren Kreisen
JEREMY BLYTHE: Anwalt aus London
ALICE WILSON: Sekretärin aus London
CHARLIE BAXTER: zwölfjähriger Junge aus Manchester
MAJOR PETER FRAME: Exsoldat, Profiangler
DAPHNE GORE: Debütantin aus Oxford
HAMISH MACBETH: Dorfpolizist
PRISCILLA HALBURTON-SMYTHE: Tochter eines örtlichen Großgrundbesitzers
DETECTIVE CHIEF INSPECTOR BLAIR: Leiter des Strathbane CID
DETECTIVES JIMMY ANDERSON UND HARRY MACNAB: Blairs Assistenten

John Harrington: Priscilla Halburton-Smythes Verehrer
Colonel und Mrs. Halburton-Smythe: Priscillas Eltern
Mr. Johnson: Hotelmanager
Angus MacGregor: Wilderer

Ich saß im Wald, du kamst zu mir,
Du sagtest: »Die Aussicht ist schön von hier.«
Du sagtest: »Es ist nett, allein zu sein.«
Und »Wie die Tage doch länger werden«, fiel dir ein.
Bei Gott, ich wünschte, ja, wünschte, du wärest tot.

Rupert Brooke

Erster Tag

Angeln: ungebrochene Erwartung und
anhaltende Enttäuschung.

ARTHUR YOUNG

»Ich hasse den Wochenanfang«, sagte John Cartwright verdrossen. »Mit einer neuen Gruppe zu beginnen ist, wie auf eine Bühne zu treten. Ich habe dann immer das Gefühl, dass ich mich dafür entschuldigen müsste, Engländer zu sein. Die Leute reisen hierher in die Wildnis Schottlands und erwarten, von einem großen bärtigen Rob Roy unterrichtet zu werden, der Witze über *Saxpence* reißt und in einem schier unverständlichen Schottisch palavert.«

»Ach, hör auf«, entgegnete seine Frau Heather gelassen. »Es geht doch immer ganz gut. Seit drei Jahren hast du jetzt diese Angelschule, und bisher gab es noch keine unzufriedenen Kursteilnehmer.«

Sie blickte liebevoll zu ihrem Mann. John Cartwright war klein, drahtig und nervös. Er hatte mittelblondes wuscheliges Haar und auffällige blassblaue Augen. Heather war eine seiner ersten Schülerinnen gewesen, hier an der *Lochdubh School of Casting: Salmon and Trout Fishing*.

Er hatte sich von ihrem kräftigen Angelwurf verführen

lassen; welche anderen Freuden ihre Anatomie noch bereithielt, entdeckte er erst nach der Hochzeit.

Heather galt als die bessere Anglerin, auch wenn sie ihr Können hinter einem angenehm mütterlichen Auftreten verbarg. Trotz ihres ansonsten sehr gegensätzlichen Naturells einte Heather und John die geradezu fanatische Begeisterung fürs Angeln.

Angeln war ihr Hobby, ihr Beruf und ihre Obsession. Über den ganzen Sommer hinweg kamen wöchentlich neue Gruppen ins Lochdubh Hotel, und selten handelte es sich ausschließlich um Amateure. Oft gesellten sich erfahrene Angler hinzu, die auf diese Weise zu vernünftigen Gebühren in hervorragendem Gewässer angeln konnten. Um diese Experten kümmerte John sich, während Heather die blutigen Anfänger bemutterte.

Die Gruppen hatten nie mehr als zehn Personen. Für diese Woche hatte es zwei kurzfristige Absagen gegeben, sodass sie nur acht Teilnehmer erwarteten.

»Tja«, murmelte John und nahm ein Blatt Papier auf. »Wie es aussieht, sind sie alle gestern Abend im Hotel angekommen. Da ist ein amerikanisches Paar aus New York, Mr. und Mrs. Roth, eine Lady Winters, die Witwe irgendeines Labour-Abgeordneten, Jeremy Blythe aus London, Alice Wilson, ebenfalls aus London, Charlie Baxter, ein zwölfjähriger Junge aus Manchester – er wohnt nicht im Hotel, sondern bei seiner Tante im Dorf –, und Major Peter Frame. Oh Gott, den galoppierenden Major hatten wir schon mal hier. Diese Männer, die sich an ihren Rang bei der Army klammern, scheinen unfähig, sich an das Leben als Zivilisten anzupassen. Und dann ist da noch eine Daphne Gore aus Oxford. Den Major schicke ich so bald wie möglich allein los. Es ist wohl besser, wenn du das Kind übernimmst.«

John Cartwright blickte aus dem Hotelfenster und runzelte die Stirn. »Da kommt unser schnorrender Dorfpolizist. Ich hatte Kaffee für acht Personen bestellt, aber Hamish wird so lange hier hocken bleiben wie ein Hund, bis ich ihm einen Kaffee anbiete. Ich ruf mal schnell unten an und sage, dass wir eine Tasse mehr brauchen.«

Er stöhnte. »Ich sage dir, was unser Polizist braucht, ist ein hübscher, handfester Mord, damit wir ihn los sind. So hat er den ganzen Tag nichts anderes zu tun, als im Dorf herumzulungern und allen im Weg zu sein. Jimmy, der Fischereiaufseher, hat neulich gesagt, dass er glaubt, Hamish Macbeth würde *wildern.*«

»Das kann ich mir nicht vorstellen«, sagte Heather. »Dazu ist er viel zu faul. Am besten wäre, er würde heiraten. Er muss doch mindestens fünfunddreißig sein, und die meisten Mädchen im Dorf waren schon unglücklich in ihn verliebt. Warum, weiß ich allerdings nicht.«

Sie stellte sich zu ihrem Mann ans Fenster, und er legte einen Arm um ihre kräftigen Schultern. Hamish, Lochdubhs Dorf-Constable, schlenderte an der Pier vorm Hotel entlang, die Mütze nach hinten geschoben und die Hände in den Taschen vergraben. Er war sehr groß, dünn und schlaksig. Seine Uniform schlackerte an der hageren Statur. Die zu kurzen Ärmel ließen ein gutes Stück knochigen Handgelenks frei, und dank der gleichfalls zu kurzen Hosenbeine guckten die Argyll-Socken über den Dienststiefeln hervor. Hamish nahm seine spitze Mütze ab und fuhr sich durch das feuerrote Haar. Dann griff er in seine Uniformjacke und kratzte sich nachdenklich in der Achsel.

Aus dem Hotelfoyer unter dem Schlafzimmer der Cartwrights wehte Kaffeeduft nach oben. Offensichtlich erreichte der Geruch auch die Nase des Polizisten, denn plötzlich schnupperte Hamish wie ein Hund und kam mit großen Schritten auf das Hotel zu.

Das Lochdubh Hotel war im späten 19. Jahrhundert vom Duke of Anstey als einer seiner zahlreichen Landsitze erbaut worden und verfügte über Zinnen und Türme wie eine Burg. Hinter dem Gebäude befand sich ein angelegter Garten, nach vorn blickte man auf die klare, stille Bucht von Lochdubh. Im Foyer schmückten Geweihe und alte Waffen über großen Kaminen die Wände, und das Hotel hatte einen der besten Köche in ganz Schottland zu bieten. Die Preise waren astronomisch, dennoch reisten die Touristen in Scharen an. Letzteres lag möglicherweise auch daran, dass die Hauptstraße abrupt vor dem Hotel endete, womit es zum einzigen Zufluchtsort inmitten karger Moorlandschaft und hoher Berge wurde.

Das Dorf Lochdubh schmiegte sich an den Fuß zweier hoher Wipfel, den *Two Sisters*, und war im 18. Jahrhundert gegründet worden, um die Fischerei in den Highlands zu fördern. Seither waren die Bevölkerungszahlen konstant rückläufig.

Es gab einen Dorfladen, der gleichzeitig als Postamt fungierte, einen kleinen Laden mit Kunsthandwerk sowie vier Kirchen, die jeweils auf ungefähr fünf Gemeindemitglieder zählen konnten.

Die Polizeistation war eines der wenigen modernen Gebäude; früher war die Polizei in einer feuchtkalten Hütte untergebracht gewesen. Constable Hamish Macbeth hatte seinen Dienst ein Jahr vor Eröffnung der Angelschule angetreten. Niemand wusste, wie er es angestellt hatte, doch in null Komma nichts war es ihm gelungen, sich ein neues Haus mit angrenzendem Büro und Arrestzelle bauen zu lassen. Hamishs Vorgänger hatte seine Runden auf einem Fahrrad absolviert, Constable Macbeth hingegen schwatzte der Behörde einen nagelneuen Morris ab. Er hielt Hühner, Gänse und einen großen, sabbernden Wachhund von undefinierbarer Rasse namens Towser.

Lochdubh lag weit oben im Nordwesten von Schottland, und folglich fiel es während der kalten Monate in einen langen Winterschlaf. Im Sommer hingegen wurde es von den Touristen belebt. Die waren vornehmlich englisch und wurden von den Einheimischen mit der typischen Höflichkeit der Highlander behandelt und insgeheim zutiefst gehasst.

John Cartwright hatte seit einem Monat darum gekämpft, dass sich die Angelschule bezahlt machte, als er Heather kennenlernte. Sie übernahm die Buchhaltung und gab Anzeigen in den Hochglanzzeitschriften auf. Heather war es auch, die Johns niedrige Kursgebühren mit dem Hinweis verdreifachte, dass die Leute zahlen würden, wenn sie glaubten, etwas Exklusives zu bekommen; und die Gebühren waren immer noch akzeptabel, bedachte man, in welch exzellenten Lachsflüssen die Teilnehmer angeln durften. Heather war es, die das Geschäft zum Laufen brachte. Sie war mollig, grauhaarig und mütterlich. Die Ehe mit John Cartwright war ihre zweite, und John dachte oft, dass er wohl niemals wissen würde, was im Kopf seiner Frau vorging. Doch er liebte sie ebenso sehr wie das Angeln, und bisweilen dachte er mit einem Anflug von Unbehagen daran, dass die Schule ohne Heather nicht überlebt hätte. Allerdings überwogen die Momente, in denen er sich zu seinem guten Geschäftssinn gratulierte – worin ihn seine Frau nach Kräften bestärkte.

Nun zog er sich seine alte Angeljacke mit den vielen Taschen über, nahm seine Notizen auf und sah seine Frau nervös an.

»Findest du nicht, wir sollten sie … nun ja, zusammen begrüßen?«

»Geh du ruhig vor, Schatz«, antwortete Heather. »Und ruf mich, wenn du so weit bist, ihnen die Knoten zu zeigen. Wenn du erst mal angefangen hast zu reden, bist du auch nicht mehr nervös.«

John küsste sie flüchtig auf die Wange und machte sich auf den Weg zur Haupttreppe. Er betete, dass es eine muntere Gruppe war. Zumindest kannte er den Major, was allerdings nur insofern beruhigend war, als er ahnte, was ihm mit diesem Teilnehmer blühte.

John öffnete die Tür zum Foyer und blinzelte nervös zu den acht Leuten, die dort versammelt standen und sich gegenseitig misstrauisch beäugten. Kein gutes Zeichen. Gewöhnlich hatten sich alle schon bekannt gemacht, wenn John erschien.

Constable Hamish Macbeth saß in einem Sessel am Fenster, studierte das Kreuzworträtsel des *Daily Telegraph* und pfiff auf enervierende Weise durch die Zähne.

John holte tief Luft. Licht, Kamera, Action. Sein Auftritt.

»Ich denke, wir sollten uns zunächst einmal vorstellen«, begann er und lächelte die schweigende Gruppe unsicher an. »Ich bin John Cartwright, Ihr Kursleiter. Wir finden, dass alles unkomplizierter ist, wenn wir uns mit Vornamen ansprechen. Also, wer möchte anfangen?«

»Womit anfangen?«, fragte eine pummelige, strenge Frau.

»Haha, na, damit, sich vorzustellen.«

»Dann lege ich mal los«, ertönte eine Stimme mit amerikanischem Akzent. »Ich bin Marvin Roth, und dies ist meine Frau Amy.«

»Ich bin Daphne Gore«, sagte eine große Blondine, die ihre Fingernägel betrachtete.

»Jeremy Blythe.« Ein gut aussehender, kräftiger junger Mann mit einem heiteren Gesicht, blondem Lockenkopf und strahlend blauen Augen.

»Charlie Baxter.« Der Zwölfjährige. Pausbacken, frische Haut, dichte schwarze Locken und ein verblüffend kalter, misstrauischer Bick für einen so jungen Menschen.

»Tja, mich kennen Sie ja, Major Peter Frame. Nennen Sie

mich Major. Das tun alle.« Dünner grauer Schnauzer in einem schmalen, faltigen Gesicht, verkniffener Mund mit nach unten gezogenen Winkeln, nagelneue Anglerkluft.

»Alice Wilson.« Eine hübsche, schlicht wirkende junge Frau mit leichtem Liverpool-Akzent und der falschen Kleidung.

»Ich bin Lady Jane Winters. Sie dürfen mich Lady Jane nennen. Das tun *alle*.« Es war die Pummelige. Ihr voluminöser Busen war von einer Seidenbluse verhüllt, ihre runden Schenkel von einer Kniebundhose, und ihre speckigen Waden steckten in groben Strickstrümpfen. Sie hatte ein rundes Gesicht und große blaue Augen unter halb gesenkten Lidern, eine kleine Hakennase, und ihr Mund schien ständig missbilligend geschürzt.

»Da wir uns nun alle bekannt gemacht haben, lassen Sie uns erst mal einen Kaffee trinken«, sagte John munter.

Hamish drückte sich aus dem Sessel hoch und kam näher.

Lady Jane musterte ihn kritisch.

»Nimmt der Dorfpolizist auch Angelunterricht?«, fragte sie. Ihre Stimme war hoch und laut mit einer unangenehm schrillen Note.

»Nein, Mr. Macbeth gesellt sich nur gern am ersten Tag auf einen Kaffee zu uns.«

»Warum?« Lady Jane stand zwischen Hamish und dem Kaffeetisch und hatte die Hände in die Hüfte gestemmt. Der Polizist reckte den Hals und blickte über ihre dicken Schultern hinweg zur Kaffeekanne.

»Na ja«, sagte John verärgert, denn Hamish hätte gerne für sich selbst sprechen können. »Wir alle schätzen eine Tasse Kaffee, und …«

»Ich bezahle keine Steuern, um Polizeibedienstete zu verwöhnen«, sagte Lady Jane. »Gehen Sie an Ihre Arbeit, Constable.«

Der Polizist schaute mit seinen braunen Augen auf Lady Jane hinab und bedachte sie mit einem Blick voll liebenswerter Einfältigkeit. Er wollte an ihr vorbeigehen, doch sie versperrte ihm den Weg.

»Trinken Sie Ihren Kaffee wie üblich, Officer?«, fragte Marvin Roth. Er war ein großer Mann von birnenförmiger Statur mit Glatze und dicker Hornbrille. Sein Aussehen erinnerte an Cartoons von Upper-East-Side-Amerikanern im *New Yorker*.

Zum ersten Mal öffnete Hamish den Mund. »Meistens trinke ich Tee«, sagte er mit einer sanften Highland-Stimme. »Aber ich nehme gerne einen Kaffee, wenn sich die Gelegenheit ergibt.«

»Er meint, ob Sie Milch und Zucker nehmen«, schaltete sich John ein, der sich daran gewöhnt hatte, für die Amerikaner zu übersetzen.

»Ja, danke, Sir«, sagte Hamish. Lady Jane plusterte sich erbost auf, als Marvin eine Tasse Kaffee einschenkte und sie über ihre Schulter hinweg dem Constable reichte. Alice Wilson kicherte nervös und hielt sich rasch eine Hand vor den Mund. Lady Jane hob ruckartig die Schultern, sodass die Tasse im hohen Bogen nach vorn flog.

Zunächst herrschte betretene Stille. Hamish hob die Tasse auf und sah sie gedankenverloren an. Dann blickte er zu Lady Jane, deren Augen funkelten.

»Oh, *bitte*, gebt dem Mann seinen Kaffee«, seufzte Amy Roth. Sie war blond, hatte sich für ihr Alter gut gehalten und große Kuhaugen, einen üppigen Busen und die erstaunlich drahtigen Unterarme einer Tennisspielerin.

»Nein«, widersprach Lady Jane trotzig, während John Cartwright mit seinen Notizen wedelte und um Erlösung betete. Warum konnte Hamish nicht einfach gehen?

Lady Jane kehrte Hamish den Rücken zu und starrte

Marvin an, als wollte sie ihn warnen, es ja nicht zu wagen. Alice Wilson beobachtete die Szene unglücklich. Warum hatte sie diesen schrecklichen Urlaub gebucht? Er kostete viel mehr, als sie sich leisten konnte.

Im nächsten Moment aber sah sie staunend, wie der Polizist sich nach vorn beugte und Lady Jane beherzt in den gewaltigen Hintern kniff.

»Sie haben mich gekniffen!«, kreischte Lady Jane.

»Oh nein«, entgegnete der Polizist ungerührt, ging an der wütenden Lady vorbei und schenkte sich eine frische Tasse Kaffee ein. »Das werden die hiesigen Mücken gewesen sein. Die haben Zähne wie Flugsaurier.«

Er ging zurück zu seinem Sessel am Fenster und setzte sich mit der Kaffeetasse in der Hand hin.

»Ich werde seinem Vorgesetzten schreiben«, murmelte Lady Jane. »Schenkt jetzt jemand ein?«

»Ich schätze, wir bedienen uns selbst, meine Gute«, sagte Amy Roth süßlich.

Da abzusehen war, dass es beim Kaffee kein harmloses Geplauder geben würde, beschloss John Cartwright, direkt mit dem Unterricht zu beginnen.

Wie immer fand er recht schnell in sein Element, als er den Kunden erzählte, in welchen Gewässern sie angeln würden, welches die Gewohnheiten des ach-so-schwer-zu-fangenden Lachses waren, was erlaubt und was unter allen Umständen verboten war. Schließlich verteilte er kleine Plastikpäckchen mit durchsichtigem Nylonband.

Er wollte gerade Heather nach unten rufen, damit sie nun den Kursteilnehmern zeigte, wie man ein Vorfach knotete, als ihm auf einmal bewusst wurde, dass er es nicht ertrug, seine Frau von der schrecklichen Lady Jane beleidigen zu lassen. Diese war während seines Vortrags bemerkenswert ruhig gewesen, dennoch war er sicher, dass sie lediglich

Schwung holte für den nächsten Frontalangriff. Daher beschloss er, allein weiterzumachen.

»Ich werde Ihnen jetzt erklären, wie Sie das Vorfach knoten«, begann er.

»Was ist denn ein Vorfach?«, fiel Lady Jane ihm sogleich ins Wort.

»Ein Vorfach«, erklärte John, »ist die dünne Nylonschnur, die Sie an Ihre Angelschnur binden. Ein richtig verknotetes Vorfach sorgt beim richtigen Wurf dafür, dass die Fliege leicht auf der Wasseroberfläche landet. Der untere Teil des Vorfachs, der mit der Schnur verbunden ist, hat nicht ganz den Durchmesser der Schnur und verjüngt sich zum Haken hin. Sie müssen lernen, diese Abschnitte so zu verknoten, dass sie ein Ganzes bilden. Der Knoten, den wir dafür benutzen, heißt Blutknoten. Wenn Sie noch nie solch dünnes Nylon geknotet haben, werden Sie es anfangs schwierig finden. Deshalb habe ich hier Schnurstücke zum Üben mitgebracht.«

»Ich habe im Anglerladen einige von diesen Vorfächern gesehen, die schon fest angeknotet waren«, sagte Lady Jane verschnupft. »Warum verschwenden wir also einen schönen Vormittag damit, drinnen zu hocken und Knoten zu binden wie ein Haufen Pfadfinder?«

Heathers ruhige Stimme erklang von der Tür, und John atmete erleichtert auf.

»Die industriell gebundenen Vorfächer gibt es in knotenloser Form«, sagte Heather und kam herein. »Sie können sie in Längen von siebeneinhalb Fuß kaufen, werden aber feststellen, dass das Vorfach oft über dem Haken bricht, und deshalb müssen Sie lernen, wie man es knotet. Wenn Sie bitte alle genau hinsehen, dann zeige ich Ihnen, wie Sie es machen. Sie dürfen ruhig schon losziehen und im Marag angeln, Major«, fügte sie hinzu. »Es ist ja nicht nötig, dass Sie das alles noch einmal durchgehen.«

»Mit dem Fliegenfischen kenne ich mich nicht aus«, erwiderte der Major munter. »Da gibt es immer was dazuzulernen. Ich bleibe noch ein bisschen.«

Alice Wilson mühte sich mit dem Knoten ab. Kaum hatte sie ein Ende hinbekommen, hatte sich der Knoten am anderen Ende schon wieder wie von Zauberhand gelöst.

Charlie, der Junge, band die Knoten so sauber, als sei es ihm in die Wiege gelegt worden. »Kannst du mir helfen?«, flüsterte Alice ihm zu. »Du bist gut.«

»Nein, das wäre geschummelt«, sagte er ernst. »Wenn du es nicht selbst machst, lernst du es nie.«

Alice wurde rot. »Ich zeige es Ihnen«, erklang eine angenehme Stimme zu ihrer anderen Seite. Alice entdeckte Jeremy Blythe, der sie mitfühlend ansah. Er nahm ihr die Schnur ab und machte es ihr vor.

Nachdem die Klasse sich mehrere Minuten abgemüht hatte, sagte Heather: »Bis zum Aufbruch morgen früh sollten Sie alle Ihr Vorfach geknotet haben. Wenn Sie jetzt bitte auf Ihre Zimmer gehen und sich umziehen, dann treffen wir uns in einer halben Stunde hier wieder und John geht mit Ihnen zum Marag, um Ihnen das Werfen zu zeigen.«

»Bis in einer halben Stunde«, sagte Jeremy lächelnd. »Sie heißen Alice, nicht?«

Sie nickte schüchtern. »Und ich heiße Daphne«, sagte eine spöttische Stimme neben Jeremy, »falls du es vergessen hast.«

»Wie könnte ich?«, antwortete Jeremy. »Wir sind doch zusammen in diesem furchtbaren Zug hergekommen.«

Arm in Arm gingen die beiden weg, und Alice fühlte sich noch elender. Für einen Moment hatte sie gehofft, einen Freund in Jeremy zu finden. Aber die beängstigend selbstbewusste Daphne erhob offensichtlich Alleinanspruch auf ihn.

Lady Jane musterte Alices himmelblauen Hosenanzug abfällig. »Hoffentlich haben Sie was Passenderes mitgebracht«, sagte sie schnippisch. »Damit verscheuchen Sie ja alle Fische.«

Alice ging eilig weg, da ihr keine angemessene Erwiderung einfallen wollte. Natürlich kamen ihr mehrere in den Sinn, bis sie in ihrem Zimmer war, aber so war es ja immer. Sie sah in den großen Spiegel. In London hatte dieser Hosenanzug so hell und elegant ausgesehen. Jetzt wirkte er auf einmal billig.

Was für einen Blödsinn man aus lauter Liebe macht, dachte Alice, als sie eine alte Cordhose, einen Army-Pullover und Gummistiefel heraussuchte, um sich umzuziehen.

Alice war nämlich die Sekretärin von Mr. Thomas Patterson-James. Mr. Patterson-James war der Chefbuchhalter von Baxter and Berry, Im- und Export. Er war vierundvierzig, dunkelhaarig, gut aussehend und … verheiratet. Alice liebte ihn leidenschaftlich.

Er neckte sie gern, wuschelte ihr durchs Haar und nannte sie »kleines Vorstadtfräulein«. Dann lächelte Alice ihn voller Bewunderung an und wünschte, sie könnte elegant und modisch sein.

Mr. Patterson-James ließ häufig Bemerkungen fallen, dass seine Ehe keine glückliche war. Und er beklagte sich, seinen Jahresurlaub stets in Schottland verbringen zu müssen, wogegen er rein gar nichts tun könnte.

Alice vermutete, dass jeder, der etwas auf sich hielt, im August nach Schottland reiste, um irgendwelche Tiere zu erlegen. Und wenn es keine Moorhühner waren, brachte man eben Lachse um.

So kam es, dass Alice, als sie einen Artikel über die Angelkurse in *The Field* las, prompt beschloss, dorthin zu fahren. Sie malte sich die verblüffte Bewunderung ihres Chefs aus, wenn sie ihm beiläufig von dem Zwanzigpfünder erzählte, den sie nach einem brutalen Kampf an Land gezogen hatte.

Alice war neunzehn Jahre alt. Sie hatte dichtes braunes

Haar und weit auseinanderstehende braune Augen. Ihre schlanke, fast knabenhafte Figur war ihr ganzer Kummer.

Einmal hatte sie Mr. Patterson-James mit einer vollbusigen Blondine Arm in Arm gesehen und sich gefragt, ob das Mrs. Patterson-James war.

Hier wirkte es gar nicht mehr, als sei man noch in Großbritannien, fand Alice, als sie hinaus zum Loch sah, das im Sonnenschein glitzerte. Das Dorf war so winzig, und das von Heidekraut bedeckte Moor und die komisch gewundenen Berge schienen so wild, primitiv und weit.

Vielleicht würde sie noch einen Tag durchhalten und dann nach Hause fahren. Ob sie eine Rückerstattung bekommen würde? Alices schüchternes Gemüt heulte schon bei dem Gedanken daran auf, um eine Erstattung zu bitten. Sicher taten so etwas nur sehr gewöhnliche Leute.

Mr. Patterson-James bezeichnete ständig irgendwelche Leute als gewöhnlich.

Plötzlich vernahm sie laute Stimmen von unten. Dann konnte sie Mr. Marvin Roth laut und wütend sagen hören: »Wenn sie ihren gottverdammten Mund nicht hält, bringe ich sie zum Schweigen!«

Es folgte ein Türknallen, dann herrschte Stille.

Alice setzte sich aufs Bett, ein Bein in der Hose, das andere draußen. Ihre Vorstellung von Amerikanern entsprang größtenteils den Geschichten von P.G. Wodehouse. Männer, die wie Marvin aussahen, sollten nett und nachgiebig gegenüber ihren Frauen sein, selbst wenn sie ihren Schulabschluss in Sing Sing gemacht hatten. Würden sich denn alle bei diesem Kurs als unangenehme Zeitgenossen entpuppen? Und wer sollte überhaupt zum Schweigen gebracht werden? Lady Jane?

Jeremy Blythe schien sehr nett zu sein. Doch die Daphnes dieser Welt waren ja nie weit und allzeit auf dem Sprung, sich die netten Männer zu schnappen. Ob Mrs. Patterson-James wie Daphne aussah?

Nach dem Umziehen musterte Alice sich erneut im Spiegel. Die Cordhose schmiegte sich eng an ihre schmale Hüfte, der weite Pullover verbarg die Unzulänglichkeiten ihres Oberkörpers, und die Gummistiefel … nun ja, die waren halt Gummistiefel.

Sorgfältig setzte sie ihren brandneuen Anglerhut auf. Schließlich streckte Alice ihrem Spiegelbild die Zunge raus, verließ ihr Zimmer und ging die Treppe hinunter. Dabei murmelte sie vor sich hin: »Wenn es doof ist, reise ich ab.«

Zu ihrer Überraschung waren die anderen ganz ähnlich gekleidet wie sie, mit Ausnahme von Lady Jane, die einfach ihre Budapester gegen Gummistiefel getauscht, es aber bei der Kniebundhose und der Seidenbluse belassen hatte.

»Wir gehen jetzt gemeinsam hinauf zum Marag«, sagte John Cartwright. »Heather wird mit dem Wagen vorausfahren und die Angelruten sowie die Lunchpakete mitnehmen.«

Loch Marag, oder schlicht Marag, wie er von den Einheimischen genannt wurde, war Johns bevorzugter Übungssee. Der Marag war ein rundes Gewässer, umgeben von herrlichem Wald. An einem Ende gab es einen Ablauf, über den sich der See in einer Reihe von Wasserfällen in das Meeresloch von Lochdubh ergoss. In dem oberen Loch schwammen reichlich Forellen und auch einige Lachse.

Der Major zog vergnügt los, um oberhalb des Wasserfalls zu angeln, während sich der Rest der Gruppe mit den neuen Angeln auf der seichteren Seite versammelte und auf Anweisungen wartete. Anstelle eines Hakens wurden kleine Baumwollfetzen an den Enden der Vorfächer befestigt.

Und nun durften die Kursteilnehmer feststellen, dass Lady Jane nicht bloß unverschämt und angriffslustig war, sondern überdies unvorstellbar tollpatschig.

Obwohl der See nur einen kurzen Fußweg vom Hotel entfernt war, hatte Lady Jane darauf bestanden, in ihrem Wagen hinzufahren und am Ufer zu parken. Sie setzte vom Weg zurück auf das Gras und geradewegs in den Stapel der Proviantpäckchen.

Als Nächstes weigerte sie sich, Johns ausführlichen Anleitungen zu lauschen, und schwang stattdessen ihre Angelrute wild hin und her, worauf sich die Schnur an Marvin Roths Hals verfing und den Mann beinahe erdrosselte. Dann stapfte die massige Lady ins Wasser, übersah aber den kleinen Charlie Baxter und stieß ihn der Länge nach in den Schlamm.

Charlie brach in Tränen aus und trat Lady Jane gegen die Schienbeine, bis Heather ihm aufhalf und ihn wegzog.

»Ich bring sie um«, murmelte John. »Sie verdirbt allen die Ferien.«

»Aber, aber«, sagte Heather. »Ich kümmere mich um sie, du dich um die anderen.«

Alice lauschte aufmerksam, als John Cartwright mit nun leicht zittriger Stimme die Anleitungen wiederholte.

»Halten Sie die Angel vor sich und lassen Sie mit der linken Hand etwa ein Fuß Schnur laufen. Heben Sie die Rute an, aber halten Sie dabei das Handgelenk in einem leichten Abwärtswinkel. Ziehen Sie jetzt die Schnur mit einer fließenden Bewegung und gerade so viel Kraft aus dem Wasser, dass sie hinter Sie fliegt, und bringen Sie die Rute in einer exakten Zwölf-Uhr-Position zum Halten. Mit der linken Hand halten Sie die Rolle nach unten. Wenn die Schnur sich hinter Ihnen gerade spannt, schwenken Sie die Rute schnell nach vorn auf zehn Uhr, sodass die Schnur sanft auf dem Wasser landet. Ah, sehr gut, Alice!«

Alice wurde rot vor Freude. Heather hatte etwas zu Lady Jane gesagt, und die Lady war davongestapft. Ohne sie in der Nähe schien der Tag an Licht und Farbe zu gewinnen. Heather rief John zu, dass sie zum Hotel zurückfahren und neue Proviantpakete holen wolle.

Ein Bussard segelte hoch oben über den hellblauen Himmel. Riesige Heidekrautbüschel warfen ihr Spiegelbild auf die glatte Oberfläche des Sees. Kleine Wellen kräuselten sich, als Alice verträumt in das rotgoldene Flachwasser watete, das wie Markasit glitzerte. Alice warf und warf und warf, bis ihr die Arme wehtaten. Heather kehrte mit neuen Lunch-Paketen zurück, und alle scharten sich um den Wagen, ausgenommen Lady Jane und der Major.

Plötzlich waren es tatsächlich Ferien. Der noch feuchte, aber immerhin sauber geschrubbte Charlie war mit Heather zurückgekommen, hockte an den Wagen gelehnt im Gras und mampfte zufrieden ein Sandwich.

Auf einmal sagte er mit seiner hellen Stimme: »Das ist wirklich eine schreckliche Frau.«

Niemand fragte, wen er meinte.

Und obwohl ihm auch keiner offen zustimmte, waren sich alle ebenso wortlos einig in ihrer Abneigung gegen Lady Jane wie in dem Entschluss, sich auf keinen Fall von ihr den Tag verderben zu lassen.

»Ah, da ist Constable Macbeth«, sagte Alice.

Der schlaksige Polizist war wie aus dem Nichts hinter der Gruppe aufgetaucht.

»Die Sandwiches sehen aber gut aus«, sagte er und blickte zum Himmel hinauf.

»Bedienen Sie sich«, lud Heather ihn wenig begeistert ein. »Fertig zubereitete Sandwiches kosten übrigens nicht die Welt, Mr. Macbeth.«

»Ach nein?«, sagte der Constable freundlich. »Das freut mich zu hören, denn ich würde Ihnen ungern teures Essen wegnehmen.«

Amüsiert beobachtete Alice, wie er einen kleinen faltbaren Becher aus seiner Uniformjacke zauberte und ihn Heather hinhielt. Letztere murmelte etwas vor sich hin, während sie ihm Tee einschenkte.

»Offensichtlich gibt es hier in der Gegend nicht viele Verbrechen, Officer«, bemerkte Daphne bissig.

»Das würde ich nicht sagen«, erwiderte Hamish zwischen zwei Bissen Schinkensandwich. »Die Menschen sind furchtbar verdorben. Was ich hier samstagsabends an Betrunkenen aufgreife, ist eine Schande.«

»Haben Sie schon mal richtige Schwerverbrecher festgenommen?«, fragte Daphne und warf Jeremy Blythe einen Blick zu, mit dem sie ihn eindeutig aufforderte, bei der Verspottung des Constables mitzumachen.

»Nein, aber ich wusste auch nicht, dass Kriminelle in besonderem Maße zu Übergewicht neigen.«

Amy Roth lachte trillernd, und Daphne sagte verärgert: »Stellen Sie sich absichtlich dumm?«

Hamish sah sie entsetzt an. »Das würde mir im Traum nicht einfallen. Genauso wenig, wie Ihnen nicht im Traum einfallen dürfte, absichtlich zickig zu sein.«

»Der Spaß ist vorbei«, flüsterte Jeremy Alice zu. »Hier kommt Lady Jane.«

Krachend stampfte selbige durchs Unterholz auf die anderen zu. Ihr Gesicht war gerötet, und sie hatte einen Kratzer auf der Wange, doch ihre Augen funkelten triumphierend.

John Cartwright begann eilig damit, seinen Kurs für den Nachmittag auf einen anderen Angelgrund vorzubereiten. Schachteln mit Angelhaken wurden verteilt und noch mehr Knoten gezeigt – der Albright-Knoten und ein weiterer Knoten in Form einer Acht.

Diesmal arbeitete sogar Lady Jane stumm vor sich hin, um den widerspenstigen Nylonfaden zu bändigen. Das Angelfieber hatte die ganze Gruppe gepackt.

»Jetzt bekommen Sie jeder fertig geknotete Schnüre, doch Sie sollten Ihre eigenen morgen früh bereithalten«, sagte Heather. »Den Nachmittag über haben wir den Anstey River für uns. Tragen Sie unbedingt Ihre Angellizenzen bei sich, die ich noch verteilen werde, falls Sie dem Fischereiaufseher begegnen. Marvin und Amy, ich glaube, Sie haben schon ein bisschen Erfahrung mit dem Fliegenfischen in den Staaten. Sie dürfen bei den oberen Läufen anfangen, allerdings schlagen wir vor, dass Sie in Bewegung bleiben. Angeln Sie nie zu lange an einer Stelle. Wenn Sie bitte mit zum Hotel zurückkommen, bevor wir aufbrechen, dann geben wir Ihnen Wathosen. John und ich werden jedem von Ihnen zeigen, was zu tun ist, sobald wir am Fluss sind. Wir werden hinfahren müssen. John und ich nehmen Alice und Charlie mit. Daphne kann mit Jeremy fahren, und ich glaube, der Rest von Ihnen hat eigene Wagen dabei. Hat jemand den Major gesehen?«

Lady Jane meldete sich zu Wort. »Der war auf der anderen Seite vom Loch und hat so getan, als sei er ein Angler. Ist mal was anderes, als uns den Offizier und Gentleman vorzugaukeln.«

»Gehen Sie doch bitte alle schon vor zum Hotel«, warf John hastig ein. »Ich sehe nach dem Major.«

»Ich wünschte, du würdest mit mir fahren«, sagte Jeremy zu Alice.

Sie sah ihn verwundert an. Vor lauter Schwärmerei für Mr. Patterson-James hatte sie schon lange keinen Gedanken mehr daran verschwendet, dass auch andere Männer sie attraktiv finden könnten.

Während Jeremy hinüber zu Daphne ging, beobachtete Alice ihn verstohlen. Er war wirklich ein gut aussehender Mann und besaß eine angenehme, leicht rauchige Stimme. Zudem würgte und knödelte er die Worte beim Sprechen nicht so wie Mr. Patterson-James. Alice wurde ein wenig froher zumute, und unwillkürlich lächelte sie Jeremy nach.

»Keine Chance«, sagte Lady Jane, die neben Alice erschien. »Er ist einer von den Somerset-Blythes. Eine ganz andere Liga als Sie, meinen Sie nicht auch? Daphne ist eher was für ihn.«

Durch Alice flutete ein solch bittere Welle von Hass, dass sie daran zu ersticken fürchtete. »Verpissen Sie sich!«, konterte sie im breitesten Liverpool-Dialekt.

»Gut gemacht!«, lobte Marvin sie lachend.

Lady Jane brummelte etwas, und Alice glaubte zu verstehen, dass es die Worte: »Das wird Ihnen noch leidtun« waren, aber wahrscheinlich hatte sie sich das bloß eingebildet.

Alice stellte sich darauf ein, den Rest des Tages von Jeremy getrennt zu sein. Doch als sie den Fluss erreichten, der sich an einer Stelle zu einem großen See verbreiterte, entschied Heather, dass Jeremy und Alice mit dem Ruderboot hinausfahren und von dort aus angeln sollten. Der Rest der Gruppe sollte sich auf einer Länge von mehreren Meilen am Ufer verteilen.

Ehe sie Alice jedoch ins Boot zu steigen gestattete, hielt Heather ihr noch einen zermürbenden halbstündigen Vortrag über das Werfen. Alice erwischte ihren Hut und die Sträucher hinter sich, und ihre Schnur verfing sich in den Ästen eines Baums, aber schließlich hatte sie den Dreh raus.

»Denken Sie nicht zu sehr über die viele Schnur nach, die hinter Ihnen abläuft«, erklärte Heather. »Konzentrieren Sie sich nur auf das, was Ihnen gesagt wurde. Jetzt können Sie los. Jeremy, Sie haben das offensichtlich schon mal gemacht.«

»Ja, allerdings habe ich mich sehr ungeschickt angestellt«, gestand er.

»Nehmen Sie das Boot, und rudern Sie stromaufwärts.

Dann lassen Sie sich zurücktreiben«, sagte Heather. »Vielleicht angeln Sie keinen Lachs, aber einige Forellen sollten es schon sein.«

Jeremy ruderte sie zügig flussaufwärts. Alice hielt nervös ihre Angelrute nach oben und fragte sich, was sie nur tun sollte, wenn sie einen Fisch fing. Es war ein warmer, sonniger Tag, und Alice fühlte sich furchtbar beladen. Die lange grüne Wathose war sperrig und schwer. Gemäß Anweisung hatte sich Alice ein Angelmesser in die eine Tasche und ein Mückenspray in die andere gesteckt, denn mit der Dämmerung würden dicke schwarze Wolken schottischer Mücken über sie herfallen.

Um den Hals trug Alice ein Fischnetz an einem Band, an einem anderen Band eine kleine scharfe Schere.

Oben an ihrem Hut und gehalten von der schmalen Krempe befand sich eine Art Imkernetz, das sie sich übers Gesicht ziehen konnte, sollten die Insekten allzu lästig werden.

Jeremy legte die Ruder ab. »Puh, ist das heiß! Ziehen wir uns ein paar Sachen aus.«

Alice wurde puterrot. Natürlich meinte er lediglich, dass sie einige der dicken Wollsachen ablegen sollten, nur war Alice in einem Alter, in dem alles anzüglich zu klingen schien. Manchmal fürchtete sie, dass sie von Grund auf verdorben war.

Zum Glück war sie so vorausschauend gewesen, eine dünne Baumwollbluse unter dem Army-Pullover anzuziehen. Sie nahm ihren Hut ab, streifte sich das Band mit dem Netz über den Kopf, legte alles auf dem Bootsboden ab und zog ihren Pullover aus. Die Schere behielt sie um den Hals. Heather hatte ihnen eingeschärft, stets eine Schere griffbereit zu haben, um Schnüre zu durchtrennen und Haken freizuschneiden.

»Na dann«, sagte Jeremy. »Los geht's!«

Das Wasser lag ruhig und golden im Sonnenschein. Der warme Kiefernharzduft vermengte sich mit einer Note Sand-Thymian. Alice war ganz von dem Wunsch beseelt, etwas zu fangen – irgendetwas.

Sie warf und warf, bis ihre Arme abermals ermüdeten. Und dann …

»Ich habe etwas«, flüsterte sie. »Das muss ein Lachs sein. Es fühlt sich riesig an.«

Schnell holte Jeremy seine Schnur ein und griff nach seinem Netz. »Nicht zu hastig einholen«, sagte er, nahm die Ruder auf und bewegte das Boot ein wenig. Alices Angelrute begann sich zu biegen.

»Jetzt etwas mehr einholen«, sagte er.

»Oh Gott, Jeremy«, sagte Alice, die rot vor Aufregung war. »Was soll ich machen?«

»Ganz ruhig … ruhig.«

Alice konnte es nicht abwarten. Sie kurbelte hektisch. Plötzlich war die Schnur frei, und Alice riss sie aus dem Wasser.

Am Haken baumelte ein langes Büschel Seegras.

»Und ich dachte, dass ich einen zwanzig Pfund schweren Lachs geangelt habe«, jammerte Alice. »Oh Mann, ich zittere immer noch vor Aufregung! Hältst du mich jetzt für primitiv, Jeremy? Ich meine, normalerweise würde ich keiner Fliege was zuleide tun, und auf einmal konnte ich es gar nicht erwarten, zu töten, was immer am Haken aufgetaucht wäre.«

»Ich halte dich nicht für ganz so still und schüchtern, wie du manchmal scheinst«, sagte Jeremy, der seine Angel erneut auswarf. »Allein schon wie du Lady Jane gekontert hast. Davon reden alle.«

»Ich kann immer noch nicht glauben, dass ich das gesagt habe«, entgegnete Alice nachdenklich. »So habe ich in meinem ganzen Leben noch nie geredet. Alles war so schön während unserer Mittagspause, und ich wollte, dass es so bleibt. Doch plötzlich kreuzt diese Frau wieder auf, zickt herum und macht Ärger. Sie lässt übrigens immer wieder mal Bemerkungen fallen, als hätte sie sich vorher über jeden von uns erkundigt. Sie ... sie sagte zu mir, dass du zu den Somerset-Blythes gehörst.« Alice biss sich auf die Unterlippe. Um ein Haar hätte sie ihm auch noch verraten, was Lady Jane außerdem gesagt hatte.

»Hat sie das, ja? Wahrscheinlich ist sie eine von diesen Frauen, die nichts mit ihrer Zeit anzufangen wissen. Hoffentlich macht sie dem Dorf-Constable nicht das Leben zur Hölle. Sicher wird sie sich bei seinen Vorgesetzten über ihn beschweren.«

»Armer Hamish.«

»Ach, ich denke, Hamish kann ganz gut auf sich selbst aufpassen. Und wie viele Polizisten würden schon Schlange stehen, um seinen Posten zu übernehmen? Das hier ist wohl kaum die richtige Gegend für einen ehrgeizigen Gesetzeshüter.«

»Was machst du eigentlich beruflich?«, fragte Alice.

»Ich bin Anwalt.«

Was für ein Tiefschlag! Alice hatte insgeheim gehofft, er würde einer ähnlich unbedeutenden Arbeit nachgehen wie sie selbst.

»Was machst du?«, hörte sie Jeremy fragen.

Er trug ein kurzärmliges Karohemd und eine ausgeleierte Baumwollhose, trotzdem strahlte er jene elegante Lässigkeit aus, wie sie gesellschaftliches Ansehen und Vermögen oft mit sich brachten. Auf einmal wollte Alice vorgeben, jemand anders zu sein, als sie war, jemand Wichtiges.

»Ich bin Chefbuchhalterin bei Baxter and Berry in London.« Sie lachte unsicher. »Ein komischer Beruf für eine Frau.«

»Und erst recht für eine so junge Frau«, stimmte er ihr zu. »Das hätte ich der verknöcherten alten Firma gar nicht zugetraut.«

»Kennst du Baxter and Berry?«, fragte Alice ängstlich.

»Ich kenne den alten Baxter«, antwortete Jeremy. »Er ist mit meinem Vater befreundet. Ich sollte ihn dringend mal mit seiner hübschen Chefbuchhalterin aufziehen.«

Alice wandte sich ab. Das kam dabei heraus, wenn man log. Jetzt würde sie es niemals wagen können, Jeremy nach diesem Urlaub noch einmal wiederzusehen.

»Als ich in deinem Alter war, was wohl zehn Jahre her sein dürfte«, sagte Jeremy sanftmütig, »erzählte ich einem umwerfend aussehenden Mädchen, ich sei Düsenjet-Pilot …«

»Oh, Jeremy«, beichtete Alice unglücklich, »ich bin nur die Sekretärin des Chefbuchhalters!«

»Dann bedanke ich mich für das Kompliment.« Er grinste. »Es ist lange her, dass jemand versucht hat, mich zu beeindrucken.«

»Bist du nicht wütend, dass ich dich angelogen habe?«

»Nein. Hey, ich glaube, bei dir hat etwas angebissen.«

»Sicher wieder Seegras.« Alice fühlte sich plötzlich jung, frei und schwindelig vor Glück. Mr. Patterson-James' finstere Miene schwebte durch ihren Kopf, wurde blass und verflüchtigte sich dann wie schottischer Nebel.

Sie holte ihre Leine ein, amüsierte sich über das Ruckeln und Ziehen und fand es verrückt, dass sich Seegras so sehr wie ein Fisch anfühlen konnte.

»Eine Forelle!«, sagte Jeremy, hielt sein Netz hin und zog den Fisch ins Boot.

»Zu klein«, konstatierte er kopfschüttelnd. »Die müssen wir zurückwerfen.«

»Tu ihr nicht weh!«, rief Alice, als er den Fisch von dem Haken befreite.

»Nein, die schwimmt wieder zurück zu ihrer Mutter«, sagte er und warf den Fisch ins Wasser. »Welche Fliege hattest du benutzt?«

»Eine Kenny's Killer.«

Er holte seine eigene Schachtel mit Haken hervor. »Vielleicht probiere ich es auch mal mit der.«

Zwischen ihnen trat eine angenehme Stille ein. Das Licht hinter den schroffen Felsen der Two Sisters wurde langsam schwächer, und eine leichte Brise strich träge über den See.

Dann kamen die berüchtigten Mücken aus dem Heidekraut. Schlagartig schien Alices Gesicht schwarz von ihnen, und sie tastete schreiend nach ihrem Moskitonetz, während Jeremy eilig ans Ufer ruderte.

»Schnell ins Auto und dann nichts wie weg von den Biestern«, sagte er.

Alice ließ sich in den tiefen Beifahrersitz des langen, niedrigen Wagens fallen, und schon brausten sie den Weg hinunter und hielten erst wieder an, als sie in einigem Abstand zum See waren. Jeremy reichte Alice ein Handtuch, mit dem sie sich das Gesicht abwischen konnte.

Sie lächelte ihm dankbar zu. »Was ist mit Daphne? Die hatte ich völlig vergessen.«

»Ich auch.« Jeremys Züge wurden vom Schatten der hohen Bäume neben dem Wagen verdeckt. Dennoch glaubte Alice zu erkennen, dass er auf ihren Mund blickte. Ihr Herz begann zu hämmern.

»Hast … hast du den Wagen in Schottland gekauft?«, fragte sie. »Ich meine, ich dachte, dass du und Daphne mit dem Zug gekommen seid.«

»Sind wir. Mein Vater hatte den Wagen hier. Er wusste,

dass ich herkommen wollte, also ließ er den Wagen für mich in Inverness stehen.«

»Kennst du Daphne schon lange?«

»Nein. Heather schrieb mir und bat mich, meine Zugreise mit Daphne abzustimmen. Daphne hatte ihr geschrieben, dass sie nicht gerne allein reist.«

Er ließ den Motor wieder an. Alice saß ganz still neben ihm. Vielleicht hätte er sie geküsst, hätte sie nicht über die blöde Daphne geredet. Wahrscheinlich war diese schon wieder im Hotel und zog sich irgendein Haute-Couture-Kleid zum Abendessen an. Verdammte Daphne!

»Ich hätte nie gedacht, dass Unentschlossenheit zu meinen Fehlern gehört«, brach Jeremy schließlich das Schweigen. »Ich wollte es nicht verderben, indem ich die Dinge überstürze.«

Alice war nicht ganz sicher, ob er meinte, dass er sie hätte küssen wollen und es sich dann anders überlegt hatte. Doch fragen wollte sie ihn auch nicht, weil er sonst vielleicht verlegen erklärt hätte, dass er vom Angeln gesprochen hatte.

Doch auf einmal nahm er eine Hand vom Lenkrad und drückte ihre.

Alices Herz vollführte einen Luftsprung. In diesem Moment segelte eine riesige Eule über die sich windende Straße. Unter ihnen lag das Dorf Lochdubh.

Von dort tuckerten kleine Fischerboote hinaus aufs Meer. Die Hotellichter spiegelten sich im ruhigen Wasser der Bucht. Alice und Jeremy fuhren hinunter in die abendliche Dunkelheit des Dorfes, über die alte Buckelbrücke, die den Marag überspannte, und am Ufer entlang vorbei an niedrigen weißen Cottages. Draußen auf dem See wälzten sich zwei Robben, die an zwei ältere edwardianische Herren erinnerten.

Tränen stiegen Alice in die Augen, und sie tupfte sie unauffällig weg. Die Schönheit des Abends war zu viel für sie. Die Schönheit des Geldes, von der der Ledergeruch im Wageninnern ebenso sprach wie die dezente Note von Jeremys Aftershave, verführte Alices Sinne. Sie wollte das alles. Sie wollte, dass dieser Abend ewig andauerte – malerische Landschaft, attraktive Männlichkeit, Reichtum.

Ein Bild von Lady Jane erschien vor Alices geistigem Auge und ließ alles andere dahinter verblassen.

Wenn sie mir das verdirbt, bringe ich sie um, dachte Alice voller Inbrunst.

Und da sie sehr jung und mithin zu heftigen Stimmungswechseln fähig war, interessierte sie nun einzig und allein, was sie nur zum Dinner anziehen sollte.

Als sie eine Stunde später den Speisesaal betrat, saß der Rest des Angelkurses, mit Ausnahme von Lady Jane, Charlie und dem Major, bereits am Tisch.

Und zu Alices Verdruss war nur noch ein Stuhl weit weg von Jeremy frei.

Jeremy saß neben Daphne und lachte über etwas, was sie sagte.

Daphne trug ein schwarzes Cocktailkleid aus Chiffon mit einem Ausschnitt bis zur Taille, sodass alle in den Genuss kamen, hin und wieder ihre vollkommenen Brüste aufblitzen zu sehen.

Lange antike Ohrringe baumelten im Schatten ihres naturblonden Haars, und Lidschatten sowie ein pinkfarbener Lippenstift lenkten von ihren etwas zu harten Wangenknochen ab.

Jeremy hatte einen gut geschnittenen Anzug in Anthrazitgrau an, ein gestreiftes Hemd und eine Krawatte mit kleinem, festem Knoten. An seinem Handgelenk prangte eine schwere blassgoldene Uhr.

Alice wünschte, sie hätte sich etwas anderes angezogen,

nur sahen leider all ihre Sachen schäbig aus. Letztlich hatte sie sich für einen hellrosa Kaschmirpullover, einen engen Rock und eine schmale Kette aus Woolworth-Perlen entschieden. In der Abgeschiedenheit ihres Zimmers hatte sie sich eingeredet, wie ein Mitglied des Landadels auszusehen. Jetzt kam sie sich wie eine Londoner Tippse vor, die sich vergebens bemühte, wie ein Mitglied des Landadels auszusehen. Im Speisesaal war es sehr warm.

Amy Roth trug ein fließendes Chiffonkleid in kühlen Blau- und Grüntönen mit einem tiefen Rückenausschnitt. Als Marvin seiner Frau über den Rücken strich, wand sie sich kichernd.

Heather trug ein langes Kleid, das aussah, als wäre es aus einem Polsterstoff aus Chintz genäht, dennoch gelang es ihr, darin damenhaft zu wirken, wie Alice missmutig feststellte. John Cartwright war entspannt und merklich froh, den ersten Tag überstanden zu haben.

Das Hotel servierte ihnen mehrere Flaschen eines unbekannten tschechischen Sekts, dessen Etikett dezent von weißen Servietten verhüllt wurde.

Das Essen war köstlich – gedünsteter Lachs mit einer leckeren Hollandaise. Alle am Tisch wurden zusehends lockerer und ein kleines bisschen beschwipst.

Mit weingestärktem Mut entschied Alice, Jeremy zu vergessen und sich mit den Roths zu unterhalten. Wie sie erfuhr, war Marvin gebürtiger New Yorker, Amy hingegen kam aus Augusta in Georgia. Marvin war ihr dritter Ehemann, wie sie Alice in einem Tonfall erzählte, mit dem man ein teures Kleid beschreiben würde, das sich als kluge Investition entpuppt hatte.

Marvin war still, höflich und sehr unterwürfig gegenüber seiner Frau, ganz so, wie Alice es sich von amerikanischen Männern erwartet hatte. Unweigerlich fragte sie sich, ob sie wirklich ihn heute brüllen gehört hatte. Andererseits schienen die Roths die einzigen Amerikaner im Hotel zu sein.

Bei der Tafelrunde ging es immer lauter und fröhlicher zu.

Bis Major Peter Frame hereingestolpert kam. Mit starrem Blick und zitternden Händen klammerte er sich an eine Stuhllehne und blickte sich um.

»Wo ist dieses Miststück?«, knurrte er.

»Falls Sie Lady Jane meinen«, antwortete Heather, »weiß ich es nicht. Was ist denn nur los?«

»Das werde ich Ihnen verraten«, sagte der Major in einem furchteinflößenden Ton. »Ich bin heute Abend zurück zum Marag, gleich oberhalb der Wasserfälle. Und ich habe einen erwischt. Einen Fünfzehnpfünder an meinem Haken. Es war ein langer Kampf, und ich gönnte ihm eine Pause, um eine Zigarette zu rauchen, da kommt sie angestampft wie eine Dampfwalze. ›Darf ich vorbei?‹, fragt sie. ›Ihre Schnur versperrt mir den Weg.‹ ›Ich habe einen großen Fisch an dieser Schnur‹, sage ich. ›Seien Sie nicht albern‹, sagt sie. ›Ich kann hier nicht die ganze Nacht warten. Sicher ist das bloß ein Stein.‹ Und ehe ich begreife, was sie vorhat, zückt sie ihre Schere *und schneidet meine Schnur durch.* Sie hat meine Schnur zerschnitten, das verfluchte Miststück. Diese große, fette, dumme *Kuh*! Ich bringe sie um. Ich bringe diese entsetzliche Frau um. Ich töte sie! Töte sie!«

Die Stimme des Majors war zu einem Brüllen angeschwollen. Dann senkte sich betretenes Schweigen über den Speisesaal.

Und mitten in die Stille hinein rauschte Lady Jane.

Sie trug ein pinkfarbenes Chiffonkleid mit jeder Menge Volants, Schleifen und Rüschen – die Sorte Abendkleid, wie Queen Mum, Barbara Cartland und Danny La Rue sie bevorzugten.

»Huch, was sind wir alle trübsinnig!«, sagte sie und schaute sich amüsiert um. »Also, was kann ich tun, um die Party zu beleben?«

Zweiter Tag

Wie des Erdgrundes eng gewundene Bahn
Gallbitteres Salz aus Meereswasser siebt

John Donne

Schläfrig tastete Alice nach ihrem Reisewecker, um das Klingeln abzustellen, und streckte sich gähnend. Ihr Zimmer war in graues Licht getaucht, da sie vor dem Schlafengehen vergessen hatte, die Vorhänge zu schließen. Dicke Regentropfen rannen über das Fenster.

Irgendwie hatte das schaurige erste Dinner doch noch recht angenehm geendet. Nicht zuletzt dank Lady Jane. Ehe der Major auf sie losgehen konnte, hatte sie sich mit solch überwältigendem Ernst und Charme bei ihm entschuldigt und dabei immer wieder an seinen Status als Offizier und Gentleman appelliert, dass sich die Gesichtsfarbe des Majors bald normalisierte. Danach hatten sich alle bestens unterhalten. Es war auch Lady Jane gewesen, die vorschlug, dass sie nach dem Essen noch ins Foyer gehen und sich gegenseitig beim Knoten ihrer Vorfächer helfen sollten. Dabei sorgte sie mit boshaften Anekdoten dafür, dass viel gelacht wurde.

Alice erinnerte sich an Jeremys manikürte Hände, die

ihre streiften, und an den Duft seines Aftershaves, als er sich zu ihr beugte, um ihr mit ihren Knoten zu helfen. Er schien jedwedes Interesse an Daphne verloren zu haben.

Heute Morgen sollte es noch eine Unterrichtsstunde geben, ehe sie zum Angeln aufbrachen. Alice stieg aus dem Bett und ging ans Fenster. Sie konnte nicht einmal den Hafen sehen, denn dichter Dunst verhüllte alles und der Regen fiel stetig. Vielleicht hätte sie heute wieder Glück und würde erneut Jeremy zugeteilt. Alice schloss die Augen und malte sich aus, wie sie beide in der nach Leder duftenden Wärme von Jeremys Wagen saßen und ihren mitgebrachten Lunch aßen, während die Scheiben von innen beschlugen und den Rest der Welt aussperrten.

Nach einer raschen Dusche holte Alice ihre rosafarbenen Lockenwickler hervor und bemühte sich, ihr Haar ein bisschen eleganter erscheinen zu lassen, doch es blieb kraus und wild.

Später stellte sie verärgert fest, dass man sie an mehreren kleinen Tischen frühstücken ließ, und sie wurde zu einem geführt, an dem der Major bereits vor einem Teller mit Würstchen saß. Jeremy befand sich an einem Tisch mit Daphne und Lady Jane am anderen Ende des Speisesaals.

Der Major blickte zu Alice auf und raschelte mit der *Times* vom letzten Freitag, um sodann die Gesellschaftsseiten zu lesen.

»Regnerisch, nicht wahr?«, versuchte Alice es munter, doch der Major brummelte nur.

Wahrscheinlich hält er mich für unter seiner Würde, dachte sie.

Sie stand auf und holte sich Cornflakes, Brötchen und Saft vom Büfett in der Saalmitte. Dann bestellte sie sich schüchtern ein Anglerfrühstück bei der Bedienung, die wie ein schottisches Hochlandrind gebaut war.

Als das Frühstück kam, stocherte Alice vorsichtig mit der Gabel darin herum. Bacon, Eier und Würstchen erkannte sie, aber der Rest kam ihr seltsam und fremd vor.

»Was ist das?«, fragte sie den Major. Da er nicht antwortete, wiederholte sie ihre Frage mit recht schriller Stimme.

»Haggis, Black Pudding und Kartoffel-Scones«, erklärte er. »Sehr gut. Schottische Spezialitäten. Ich habe das Zeug kennengelernt, als ich das erste Mal zu einer Militärübung in den Highlands war.«

»Waren Sie in der Spezialeinheit, der SAS?«, fragte Alice.

»Nein.« Der Major lächelte verständnisvoll. »Die gab es zu meiner Zeit noch nicht. Wir nannten sie damals anders.«

»Aha, und wie?«

»Darf ich nicht verraten. Alles streng geheim.«

»Oh.« Alice war mächtig beeindruckt.

»Natürlich war ich den größten Teil der Show in der regulären Army.«

»Der Show?«

»Der Zweite Weltkrieg. Ich weiß noch, wie ich meine Männer über den Strand der Normandie geführt habe. Die Yankees hatten sich den leichten Teil gesichert und uns die Klippen überlassen. ›Keine Sorge, Jungs‹, sagte ich. ›Diesmal schnappen wir uns die Krauts.‹ Sie haben mir geglaubt, die Guten. Die wären für mich gestorben. Eine außergewöhnliche Loyalität war das, ziemlich rührend, wenn man es genau bedenkt.«

Alice wünschte, ihre Mutter könnte sie jetzt sehen. »Einer von der alten Schule«, würde sie sagen.

»Erzählen Sie mir mehr«, bat Alice ihn mit leuchtenden Augen.

»Na ja«, begann der Major nur allzu bereit. »Da war das eine Mal …«

Er verstummte, als sich ein großer Schatten über ihren

Tisch legte. Alice blickte auf. Lady Jane musterte den Major amüsiert. »Erzählen Sie Miss Wilson von Ihren Heldentaten? All den putzigen Schlachten rund ums Teezelt auf der Salisbury Plain?«

Was an dieser Bemerkung mochte den Major so ins Schwitzen bringen? Alice sah von ihm zu Lady Jane und wieder zurück. Lady Jane nickte nur lächelnd und ging.

Der Major sah ihr nach, murmelte etwas und wischte sich mit seinem Taschentuch den Schweiß von der Stirn.

Charlie Baxter, die Roths und der Rest der Gruppe waren bereits im Foyer. Dort knisterte ein Feuer im Kamin. Die bullige Kellnerin kam herbeigewatschelt und warf einen Haufen alter Teeblätter, Kohlstrünke und Brötchen ins Feuer, wo sie zu einer deprimierenden qualmenden Masse verschmolzen.

Heather prüfte alle Vorfächer und zupfte an den Knoten. Mehrere lösten sich. »Würden Sie doch bloß nicht dauernd behaupten, Sie können diese Dinger schnüren, obwohl Sie es offensichtlich nicht können«, sagte Lady Jane zum Major.

»Sie sollten sie selbst binden können«, betonte Heather.

»Wie in einem verdammten Klassenzimmer«, brummelte Lady Jane. »Ah, da ist dieser vermaledeite Mann wieder!«

Constable Macbeth kam mit triefendem schwarzem Cape ins Foyer geschlendert. Er nahm das Cape ab, hockte sich vors Feuer und schob die feuchten Klumpen kokelnder Lebensmittelreste zur Seite, ehe er frische Kohlen und Holzstücke auflegte. Anschließend streckte er sich zu Alices Belustigung bäuchlings vor dem Feuer aus und blies kräftig hinein, bis die Flammen in den Schornstein hinaufzüngelten.

»Dieses Hotel hat doch eine Zentralheizung, oder?«, fragte Amy Roth fröstelnd. »Warum wird sie nicht angestellt?«

»Ich möchte, dass Sie jetzt alle Ihre Vorfächer richtig knoten«, sagte Heather. Die Kursteilnehmer stöhnten im Chor und begannen, sich mit dem dünnen Nylon abzuplagen.

Constable Macbeth war zu einem Sessel am Fenster gegangen. Alice bemerkte, wie er sich auf einmal versteifte, beinahe wie ein Hund, der anzeigte. Er stand auf, sodass sich seine große, dünne Silhouette vor dem dichten Grau hinter dem Fenster abhob.

Neugierig richtete Alice sich leise auf und ging hinüber ans Fenster. Was oder wer auch immer dort draußen war, hatte die volle Aufmerksamkeit des Constables gewonnen.

Alice sah hinaus.

Eine schlanke, blonde junge Frau stieg aus einem Land Rover. Sie trug eine gelbe Öljacke, eine knielange Jagdhose und grüne Gummistiefel. Ihr hübsches Gesicht hatte eine ovale Form und sah ruhig und vornehm aus. Sie kämpfte damit, einen schweren Korb aus dem Land Rover zu hieven.

Der Polizist drehte sich so schnell um, dass er fast über Alice gestolpert wäre. Er schnappte sich sein Cape und schoss aus dem Raum, um einen Moment später auf der anderen Seite des Fensters zu erscheinen. Dort sagte er etwas zu der jungen Frau, die lachend zu ihm aufsah. Dann beugte er sich in den Wagen und hob den Korb heraus. Die junge Frau verriegelte den Wagen, und sie gingen davon.

Wer ist sie wohl?, fragte Alice sich. Sie sah reich aus und hatte diesen unterkühlten »Zum Teufel mit dir«-Blick. Keine Chance, würde Lady Jane ohne Frage sagen.

»Dieses verfluchte Ding hat ein Eigenleben«, ertönte Marvin Roths Stimme.

»Was wir brauchen«, sagte Lady Jane, »sind ein paar nützliche Sklaven. Einige *verschwitzte* Sklaven, finden Sie nicht auch, Mr. Roth?«

»Hüten Sie Ihre Zunge, Lady«, raunte Marvin Roth.

Alle verstummten erschrocken. Oh Gott, dachte Heather,

ich hätte nie versuchen dürfen, allein mit denen fertig zu werden. Diese furchtbare Frau. Dauernd sagt sie Dinge, die für mich harmlos klingen, aber wie pures Gift wirken. Sie hat diese roten Flecken am Hals, die auf hohen Blutdruck hindeuten. Würde sie doch bloß tot umfallen!

»Und jetzt«, sagte Heather laut und war entsetzt, wie zittrig ihre Stimme klang, »werde ich einige Schnüre verteilen und Ihnen zeigen, wie Sie eine Acht binden.«

Zu Heathers Freude kam ihr Mann herein. »Wir sind ein bisschen spät dran«, sagte er. »Bringen wir sie lieber auf den Weg. Wir geben ihnen wieder Angelruten, das heißt denen, die sie mieten wollen. Ich glaube, nur der Major hat seine eigene Ausrüstung mitgebracht. Dann bringen wir alle zum Upper Alsh und zum Loch Alsh.«

Alice zog sich in ihrem Zimmer die Wathose an und vergewisserte sich, dass sie alles in den Taschen ihrer grünen Jagdjacke verstaut hatte: Schere, eine Nadel (zum Ausstechen von Fliegenaugen – künstlichen, wie sie erleichtert festgestellt hatte – und zum Lösen von Knoten) und ein Taschenmesser. Dann setzte sie ihren Anglerhut auf und ging wieder nach unten. Sie hoffte, dass die anderen Gäste sie für eine erfahrene Anglerin hielten.

Auf dem Parkplatz verteilte John Karten und erklärte, dass Loch Alsh ein gutes Stück entfernt war. Wasser tropfte von seinem Hut auf seine Nase, und der Regen trommelte auf den Parkplatz herab. »Zumindest hält er die Fliegen fern«, sagte John. »Also, sehen wir mal … Jeremy, Sie nehmen Daphne mit.« Alice wurde ganz flau, als John sagte, dass sie mit ihm, Heather und Charlie Baxter fahren sollte. Sie spürte, dass Lady Jane zu ihr hinüberblickte, und zog sich verärgert den bereits durchnässten Hut tiefer ins Gesicht.

Die Fahrt schien endlos. Die Berge waren von Dunst verschleiert, und die quietschenden Scheibenwischer bewegten sich monoton hin und her. Alice sah zu Charlie, der sich eng an die Tür gedrängt hatte. Sie wusste nicht, worüber man mit einem Kind redete. »Macht es dir Spaß?«, fragte sie schließlich.

Er sah sie mit seinem unverhohlenen Kinderblick an. »Nein«, antwortete er. »Ich hasse die hässliche fette Frau. Sie ist gemein, grausam und böse. Wieso stirbt sie nicht? Viele Leute sterben in den Highlands. Die verlaufen sich und verhungern oder erfrieren. Oder sie stürzen von Klippen. Wieso kann ihr nicht so was passieren?«

»Na aber«, sagte Alice streng. »So etwas darf man nicht sagen.«

Es trat längeres Schweigen ein, dann ließ der Junge verlauten: »Du bist ganz schön doof.« Sehr beiläufig und gänzlich ungerührt.

Alice wurde rot. »Sei nicht so unverschämt.«

»*Du* bist unverschämt«, entgegnete Charlie erbost. »Und überhaupt hasst du sie genauso wie ich.«

»Falls ihr Lady Jane meint, die ist tatsächlich sehr anstrengend«, mischte sich Heather von vorn ein. »Aber das kommt uns nur so schlimm vor, weil wir eine kleine Gruppe sind. Bei mehr Leuten würde sie gar nicht so sehr auffallen.«

»Mir schon«, sagte Charlie, womit er der Unterhaltung erfolgreich ein Ende setzte.

Alice wurde ein bisschen übel. Der Kombi schwankte auf der rutschigen Schotterstraße und fuhr über unzählige Erhebungen und Vertiefungen.

Irgendwann ging es scharf nach links, und nun wurde das Schaukeln und Rumpeln noch ärger, weil sie einen Feldweg entlangfuhren, wo dicke Büschel von Heidekraut über die Wagenseiten strichen.

Als Alice schon rufen wollte, dass sie sich gleich übergeben müsste, hielten sie ruckelnd an.

Steif und kalt stieg Alice aus.

Vor ihr erstreckte sich ein regenpockiger See, ehe er mit dem Dunst verschmolz. Alles war ruhig, bis auf das konstante Trommeln des Regens. Heather und John begannen, die Angelruten auszuladen, und die anderen trafen ebenfalls ein.

»Also, wer will rudern?«

»Ich!«, rief Charlie ungewöhnlich aufgekratzt.

»Dann darfst du mein Ghillie sein«, sagte Lady Jane. Ghillie war die Highland-Bezeichnung für einen Diener. »Hier sind mir zu viele Büsche, da will ich lieber in die Mitte des Sees.«

»Am besten mit einem Stein um deinen fetten Hals«, murmelte Amy Roth. Sie bemerkte, dass Alice sie ansah, und wurde rot wie ein Teenager. Sie ist eine Lady durch und durch, dachte Alice amüsiert. Ich wette, sie wird jedes Mal halb ohnmächtig, wenn ihr ein »Verdammt« herausrutscht.

Heather zögerte. Charlie sah hell entsetzt aus und wollte gewiss alles lieber, als Lady Jane auf den See zu rudern. Andererseits schien er das einzige Gruppenmitglied zu sein, das Lady Jane noch nicht beleidigt hatte. Und er könnte ja nach einer Stunde erlöst werden.

»Na schön«, sagte Heather. »Die Roths und der Major gehen mit John ein Stück weiter nach oben und angeln im Fluss. Wir sollten hier gute braune Forellen oder kleine Lachse erwischen können, daher brauchen Sie nur die leichten Ruten.«

»Was ist mit mir?«, fragte Alice.

»Sie kommen mit mir«, antwortete Heather. »Jeremy, Sie gehen nach links und Daphne nach rechts. Und bleiben Sie in Bewegung. Wir werden nur ein bisschen angeln und uns in zwei Stunden wieder hier treffen.«

Alice sah immer wieder hoffnungsvoll in Jeremys Richtung, als sie ihre Ruten nahmen. Daphne hatte sich mit ihrem Haken in der Jacke verfangen, und Jeremy lachte und scherzte, als er ihn für sie befreite.

Alice fröstelte. Der Regen hatte sich einen Weg in ihren Kragen gebahnt.

»Kommen Sie«, sagte Heather. »Nein, tragen Sie Ihre Angel nicht so, Alice. Entweder spießen Sie sonst jemanden auf, oder Sie verfangen sich im Gebüsch.«

Jeremy watete in den See, und Alice blickte ihm nach, bis er im Dunst verschwunden war. Lady Janes Stimme schallte über das Wasser. »Kannst du nicht ein bisschen kräftiger rudern?« Armer Charlie.

Alice watete hinter Heather her ins flache Wasser. »Hier, würde ich sagen«, verkündete Heather. »Versuchen Sie mal, von hier aus zu werfen.«

Nass und unglücklich schwang Alice ihre Angelrute nach hinten, wo sie sich in den Sträuchern verhakte. »Nein, nicht so«, sagte Heather geduldig, nachdem sie Alices Haken wieder freibekommen hatte. Sie nahm Alices Arm, um ihn zu führen, und warf die Fliege so sauber aus, dass sie auf dem Wasser aufsetzte, ohne den winzigsten Wellenschlag zu erzeugen. »Gut«, murmelte Heather. »Jetzt noch mal. Und noch mal.«

Alices Arm begann zu schmerzen. Sie fluchte, stolperte und rutschte auf den schlüpfrigen Steinen im Wasser. »Ich probiere es ein Stück weiter«, sagte Heather unbeirrt. »Sie machen das prima. Denken Sie dran, die Rute bei zwölf Uhr zu halten. Der See bleibt noch ein ganzes Stück weit ziemlich flach, wenn Sie also langsam weiter rausgehen, sollte einer anbeißen. Außerdem riskieren Sie dann nicht, dass sich Ihr Haken noch mal im Gestrüpp verfängt.«

Warum sage ich nicht einfach, dass ich es nie lernen werde und es mir egal ist, dachte Alice mürrisch. Jeremy interessiert sich nicht für mich, und ich gehöre hier nicht hin.

Aber schließlich watete sie dann doch langsam weiter in den See hinein und warf ihre Angel immer wieder aus.

Dann straffte sich die Schnur.

Alice schlug das Herz bis zum Hals.

Sicher war es ein Stein oder Seegras. Sie begann, die Schnur einzuholen, und verspürte ein wachsendes Kribbeln, weil die Schnur ruckte und bebte. Am Ende der Schnur sprang eine Forelle aus dem Wasser und tauchte wieder ab.

»Hilfe!«, schrie Alice, deren Wangen vor Aufregung glühten. Wo blieb denn Heather? Was, wenn sie die Forelle wieder verlor? Nein, sie könnte es nicht ertragen, sie zu verlieren. Gepackt von einem Fieber, das so alt war wie die Felsen um sie herum, holte Alice ihre Schnur ein.

»So ist es gut«, sagte Heather leise, die plötzlich neben Alice auftauchte. »Halten Sie Ihr Netz bereit.«

»Netz, ja, Netz«, antwortete Alice fahrig, tastete hektisch herum und ließ ihre Angel ins Wasser fallen. Heather bückte sich und packte die Angel.

»Halten Sie das Netz bereit«, wiederholte sie. Alice wollte sich die Angel wieder nehmen, fürchtete jedoch, dass sie den Fisch verlor. Der kam immer näher, drehte sich glitzernd im Wasser. Alice tauchte das Netz ein und hob die Forelle heraus, um sie mit einer Mischung aus Begeisterung und Mitleid zu betrachten.

»Die ist recht groß«, sagte Heather. »Drei Pfund, würde ich schätzen. Das gibt ein leckeres Frühstück.« Nachdem sie der Forelle den Haken aus dem Maul gezogen hatte, ging sie voraus ans Ufer.

»Können Sie die nicht töten?«, fragte Alice und sah den japsenden, zappelnden Fisch an. »Oh doch«, sagte Heather, die langsam einen Stein aufhob. Alle ihre Bewegungen waren ruhig und sicher. »Wir erlösen sie von ihrem Elend.«

Alice ging durch den Kopf, wie abscheulich die Vorstellung zu töten in London anmutete und wie natürlich sie in dieser rauen Landschaft schien. Heather ließ die Forelle in eine Plastiktüte gleiten. »Legen Sie sie in Ihre Angeltasche«, sagte sie zu Alice. »Es ist fast Zeit zum Mittagessen, und ich glaube, dass ich die anderen kommen höre.«

Alice hatte als Einzige etwas gefangen und wurde von allen überschwänglich gelobt – außer von Lady Jane und Charlie Baxter. Der Junge sah erschöpft aus, und Heather umsorgte ihn, half ihm auf den Beifahrersitz des Wagens und gab ihm heißen Tee.

»Du bist der Hammer, Alice«, sagte Jeremy. »Hast du diesen Brecher wirklich allein gefangen?«

»Ja, haben Sie das *wirklich*?«, stimmte Lady Jane ein.

Alice zögerte nur einen Moment. Heather stand etwas entfernt und hoffentlich außer Hörweite. »Ja«, sagte Alice laut. »Ja, habe ich.«

»Dann bleibe ich heute Nachmittag lieber in deiner Nähe«, verkündete Jeremy grinsend. »Anscheinend bist du ein Glückskind.«

Alices Freude wurde ein bisschen getrübt, weil sie zum einen gelogen hatte, was Heather gehört haben dürfte, und zum anderen auf die Rückbank der Cartwrights verbannt wurde, während Jeremy und Daphne ein gemütliches Mittagessen in seinem Wagen genossen.

Entsprechend schmeckte ihr das Essen scheußlich. Es gab dicke kalte Pastetenscheiben, die sehr mächtig waren, Kuchen und gekochte Eier. Dessen ungeachtet hatte Alice nun endgültig das Angelfieber gepackt, sodass sie es ohnehin nicht abwarten konnte, ihr Glück erneut zu versuchen. Irgendwie hatte sie das Gefühl, wenn es ihr gelang, noch einen Fisch ganz allein zu fangen, würden ihr die Götter ihre Lüge verzeihen. Nach dem Aussteigen sah es zunächst so aus, als müsste das Angeln für den Nachmittag abgeblasen werden.

Wind war aufgekommen und peitschte ihnen den Regen erbarmungslos ins Gesicht.

»In der Wettervorhersage heute Morgen hieß es, dass es später aufklart«, rief John über das Rauschen des Windes hinweg. »Ich schlage vor, dass wir noch eine halbe Stunde warten.«

Alle waren einverstanden, da keiner von ihnen ohne Fang ins Hotel zurückkehren wollte. Wenn Alice etwas fangen konnte, dann konnte es jeder, lautete die allgemeine Überzeugung.

»Mir geht es wieder gut«, sagte Charlie, dem Heather die Locken trocken gerubbelt hatte. »Es war diese Frau. Ruder hierhin, ruder dahin. Und dann hat sie gesagt … Sie hat gesagt … Ach, egal.«

»Rutsch mal ein Stück rüber, Charlie«, sagte Heather streng. »Ich finde wirklich, dass du mir sagen solltest, womit Lady Jane dich so verärgert hat.«

Aber Charlie schüttelte nur den etwas trockeneren Lockenkopf und blickte bockig drein.

Heather nahm sich vor, so bald wie möglich mit ihrem Mann ein Wörtchen über Lady Jane zu reden. Das Dröhnen eines Motors verriet ihr jedoch, dass John bereits mit dem Major zum oberen Teil des Flusses unterwegs war.

»Darf ich dich wenigstens zum Hotel zurückbringen?«, fragte sie den Jungen.

Abermals schüttelte er den Kopf. »Ich will bloß allein angeln«, erwiderte er. »Ich warte mit den anderen, wie das Wetter wird.«

Alice nahm den heftigen Regen gar nicht wahr, als sie mit Jeremy an ihrer Seite aufs Neue in den See watete. Und sie bekam auch nicht mit, wie Heather am Ufer sehr bestimmt zu Lady Jane sagte, sie solle Charlie in Ruhe lassen und mit dem Major, den Roths und John zum oberen Flussteil fahren.

»Brrr, ist das kalt!«, sagte Jeremy. »Wo hast du deine Forelle gefangen?«

»Genau hier«, antwortete Alice. »Ich zeige es dir.« Sie warf schwungvoll aus und hörte, wie die Fliege hinter ihr ins Wasser plumpste. Dann schwenkte sie die Rute ungeschickt nach vorn. »Ich bin müde«, erklärte sie trotzig. »Und mir tut der Arm weh, deshalb kriege ich es nicht hin.«

»Pass auf, es geht so«, sagte Jeremy. »Stell deine Beine auseinander« – Alice wurde rot – »und den linken Fuß etwas nach vorn. Nimm die Angel schnell nach oben, bis zu deiner Schulter. Setz dabei nur den Unterarm ein und halte die Oberarme eng am Körper. Wenn du nach hinten schwingst, muss sich die Schnur hinter dir spannen, und wenn du das Ziehen oben spürst, weißt du, dass du sie wieder nach vorn schwingen kannst.«

Alices Angelrute knallte wie die Peitsche eines Löwenbändigers. »Bist du sicher, dass du den Fisch selbst gefangen hast?«, fragte Jeremy lachend.

»Selbstverständlich habe ich das«, bekräftigte Alice mit dem wütenden Blick der ertappten Lügnerin.

»Ich versuche es weiter unten«, sagte Jeremy und bewegte sich weg von ihr. »Mal sehen, ob Daphne Glück hat.«

Blöde Daphne, dachte Alice beleidigt. Ihr Hochgefühl war verschwunden, und nun stand sie übelgelaunt und einsam in einer vor Wind und Regen heulenden Wildnis.

Sie *musste* Jeremy wieder zurückholen.

Ganz auf das konzentriert, was sie gelernt hatte, fand sie auf den glitschigen Kieseln unter Wasser ihr Gleichgewicht und warf die Angel vorsichtig und sauber in Jeremys Richtung aus.

Gefangen, dachte sie. Laut rief sie: »Entschuldige, Jeremy. Ich fürchte, dass ich dich mit meinem Haken erwischt habe.« In den Romanen, die Alice so gerne las, würde Jeremy jetzt etwas antworten wie: »Dabei hast du mich doch schon längst gefangen genommen«, langsam auf sie zukommen und sie in seine starken Arme ziehen.

Tatsächlich rief er: »Das kann doch nicht dein Ernst sein! Hier ist ein ganzer See, in dem du angeln kannst. Jetzt komm schon her und hilf mir, den Haken rauszuziehen!«

Mit hochrotem Kopf stolperte Alice unglücklich auf ihn zu. Der Haken steckte hinten in seiner Jacke. Alice drehte und zog, bis sie ihn endlich ratschend befreien konnte.

Jeremy blickte stirnrunzelnd über seine Schulter. »Jetzt sieh dir an, was du gemacht hast! Halt dich einfach weit entfernt von mir, in Ordnung?« Mit diesen Worten watete er im strömenden Regen davon.

Tränen der Scham vermengten sich mit den Regentropfen auf Alices Gesicht. Sie war verletzt und allein. Ihre Wangenmuskeln schmerzten von der Anstrengung, mit einem vornehmen Akzent zu sprechen. Niemals hätte Jeremy mit jemandem seines Standes so geredet.

Sie beschloss umzukehren, sich in den Wagen zu hocken und dort zu warten, bis dieser schreckliche Angeltag vorüber war.

Alice stakste zum Ufer. Plötzlich färbte sich das Wasser golden. Funkelnd golden mit rotem Licht, das auf den torfigen Wellen tanzte. Alice blickte sich nach Westen um. Über ihr breitete sich verblüffend schnell ein blauer Himmel aus. Der Dunst löste sich auf und enthüllte hohe Berge, die prähistorisch verdreht und schroff emporragten. Heidekraut leuchtete in großen Büscheln, und die Sonne schien auf Alices durchnässten Hut.

»Alice! Alice!« Jeremy kam durch das Wasser auf sie zugelaufen und hielt eine eher kleine Forelle in die Höhe.

»Du wunderbares Mädchen!« Er strahlte. »Ich wusste doch, dass du mir Glück bringst.« Bei ihr angekommen, warf er die Arme um sie, wobei er ihr den toten Fisch an den Hinterkopf klatschte.

Alice, die sich fühlte, als hätte man sie aus der Hölle ins Paradies geschleudert, lächelte. »Komm mit«, sagte Jeremy. »Ich habe einen Flachmann mit Brandy im Wagen. Machen wir eine Pause und feiern.«

Während Jeremy seinen Flachmann holte, nahm Alice ihren Hut ab, zog die nasse Jacke aus und hängte beides zum Trocknen in die Büsche. Jeremy setzte sich neben ihr auf einen Felsen und reichte ihr die Flasche. Kaum hatte sie einen kräftigen Schluck getrunken, musste sie husten.

Die Flüssigkeit schoss Alice hinunter in den Magen und von dort schnurstracks nach oben ins Gehirn. Ihr wurde schwindlig vor Glück. Wir haben unseren ersten Streit gehabt, dachte sie verträumt. Wie würden sie darüber lachen, wenn sie erst verheiratet waren!

Beschwingt von Brandy und Sonnenschein einigten sie sich heiter darauf, zum See zurückzugehen und ihr Glück noch einmal zu versuchen. Und Alice versuchte es ernsthaft. Könnte sie doch bloß einen Fisch ganz allein fangen, würde das ihr Gewissen ungemein erleichtern.

Doch gegen vier Uhr nachmittags rief Heather sie zu den Wagen. Sie sollten für einen weiteren Angelvortrag ins Hotel zurückfahren.

Sogar Alice fand, dass es sich zu sehr wie Schule anfühlte. Warum vergeudeten sie einen wunderbaren Nachmittag damit, in einem stickigen Hotelfoyer zu sitzen?

Wie erschöpft sie waren, merkten sie alle erst, als John Cartwright mit seinem Vortrag übers Fliegenfischen begann. Obwohl die Sonne durch die hohen Fenster hineinschien und den Raum gehörig aufwärmte, brannte das Kaminfeuer, dessen Flammen im hellen Sonnenlicht blass schienen. Eine Schmeißfliege summte am Fenster.

Während Heather mit flinken Fingern die Knoten vorführte, erläuterte John die Vorzüge von nassen und trockenen Fliegen. Namen wie *Tup's Indispensable*, *Little Claret*, *Wickman's Fancy*, *Black Pennell* und *Cardinal* schwebten durch den Raum wie Staubkörnchen. »Klingen wie Rennpferde«, sagte Jeremy schläfrig.

Alice spürte, wie ihr die Augen zufielen. Der Major schlief bereits, zuckte in seinem Sessel wie ein alter Hund, und die Roths lehnten aneinander und boten das Bild eines glücklich verheirateten Paars. Lady Jane hatte die Augen halb geschlossen und sah aus wie eine sich sonnende Echse, und Daphne Gore lackierte sich die Fingernägel zinnoberrot.

Auf einmal zuckte Alice auf, denn sie spürte eine seltsame Furcht im Raum – Furcht gemischt mit Bösartigkeit.

Während John weiterredete, hatte Heather ihre Demonstration unterbrochen, wie man den Köder durch Laich warf, um die Post durchzusehen. Stocksteif saß sie nun da und hielt einen Luftpostbrief in den fleischigen Händen. Dann blickte sie zu Lady Jane auf. Die hob ihre schweren Lider und lächelte. Es war kein nettes Lächeln.

Heather war teigig blass geworden. Sie legte eine Hand auf den Arm ihres Mannes und gab ihm den Brief. Er sah zunächst flüchtig hin, dann las er ihn richtig und presste die Lippen zu schmalen Linien zusammen.

»Das war es für heute«, sagte er schließlich, legte den Brief hin und nahm eine gezwungen lockere Pose ein.

»Was war das denn?«, murmelte Jeremy Alice zu. »Und warum habe ich das Gefühl, dass es mit Lady Jane zu tun hat?«

»Hast du Lust auf einen Drink vorm Dinner, Jeremy?«, fragte Daphne kühl.

»Gibst du einen aus?«, fragte Jeremy, und ein Lächeln legte sich auf seine Züge.

»Was soll das sein? Ein Beispiel für den neuen Mann?«, fragte Daphne, die sich bei ihm einhakte. Gemeinsam verließen sie das Foyer. Alice stand unsicher auf und nagte an ihrer Unterlippe.

»Ich habe Ihnen ja gleich gesagt, dass Sie Ihre Zeit verschwenden«, sagte Lady Jane, die ihren gewaltigen Körper neben Alice manövriert hatte.

Alice wurde fast schlecht vor Wut. »Sie sind ein furchtbar unangenehmer Mensch.«

Damit schien sie Lady Janes gute Laune noch zu befeuern. »Aber, aber«, schnurrte diese. »Kleine Mädchen, die in Glashäusern sitzen, sollten nicht mit Steinen werfen. Und ich bin mir sicher, dass die Tage der Steinwürfe hinter uns liegen. Oder etwa nicht?«

Alice starrte sie entgeistert an. Sie wusste Bescheid! Sie würde es Jeremy erzählen. Nein, sie würde es *allen* erzählen!

Alice drehte sich um und rannte davon. Sie blieb nicht stehen, ehe sie ihr Zimmer erreicht hatte. Drinnen warf sie sich aufs Bett und schluchzte hemmungslos, bis keine Tränen mehr kommen wollten. Dann dachte sie an all die barbarische Wildnis da draußen, das Moor und die Berge. Unfälle geschahen. Alles Mögliche passierte. Alice stellte sich Lady Janes wuchtige Gestalt vor, die in einen Lachsteich purzelte, das leblose speckige Gesicht im torfig braunen Wasser nach oben gedreht. Und dann schlief Alice ein.

Als sie aufwachte, glaubte sie, dass es noch früh am Abend sein müsste, weil es draußen hell war. Sie hatte vergessen, wie lang die Sommertage im Norden Schottlands sein konnten.

Ein Blick auf ihren Reisewecker verriet ihr, dass es bereits zehn Uhr abends war. Mit einem erschrockenen Aufschrei sprang sie aus dem Bett, wusch sich und zog sich um. Unten angekommen stellte sie fest, dass das Essen längst vorbei war, und sie musste sich mit Sandwiches begnügen, die in der Bar serviert wurden. Alle schienen zu Bett gegangen zu sein. Der Barkeeper erzählte ihr, dass der fette DEB zu einem Spaziergang aufgebrochen war, und vielleicht war die andere bei ihm – diese Lady Sowieso. Alice fragte neugierig, was DEB bedeutete, aber der Barkeeper antwortete hastig, er hätte wohl lieber nichts sagen sollen, und widmete sich eifrig dem Polieren der Gläser.

Charlie Baxter warf von der buckligen Brücke aus Blätter in den Fluss Anstey und sah zu, wie sie in das brodelnde Wasser gesogen wurden, um kurz darauf wieder nach oben gewirbelt zu werden. Seine Tante, Mrs. Pargeter, glaubte ihn wohlbehalten im Bett, aber er hatte sich heimlich angezogen und zum Fenster hinausgeschlichen. Seine Mutter hatte geschrieben, um zu sagen, dass sie am Wochenende käme. Charlie freute sich auf ihren Besuch und fürchtete ihn gleichermaßen. Er konnte immer noch nicht recht glauben, dass er seinen Vater nie wieder sehen würde. Nach einem brutalen Scheidungskrieg hatte seine Mutter das alleinige Sorgerecht für ihn zugesprochen bekommen und unentwegt davon geredet, dass sie dem Gesetz trotzen und Charlie für immer von seinem Vater fernhalten würde. Charlie hatte das furchtbare Gefühl, alles sei irgendwie seine Schuld; wäre er ein braves Kind gewesen, hätten seine Eltern sich vielleicht nie scheiden lassen. Er wandte sich von der Brücke ab und ging zum Hotel.

Der Himmel und das Meer hoben sich blassgrau von den schwarzen Umrissen der Berge ab, die hinter dem Dorf aufragten.

Charlie ging am Hafen entlang und schaute den Männern zu, die sich fürs nächtliche Fischen bereit machten.

Er überlegte, einen von ihnen zu fragen, ob er mitkommen dürfe, und wies die Idee gerade als unsinnig von sich – die würden doch bloß die Erlaubnis seiner Tante verlangen –, als er eine Stimme hinter sich hörte. »Ist es nicht an der Zeit, dass du ins Bett gehst, junger Mann?«

Charlie drehte sich um. Constable Macbeth stand vor ihm, dessen dürre Gestalt in der Dämmerung besonders hoch aufzuragen schien. »Ich will gerade nach Hause«, murmelte Charlie.

»Tja, dann gehe ich mal ein Stück mit dir. Es ist ein schöner Abend.«

»Eigentlich weiß meine Tante nicht, dass ich draußen bin«, gestand Charlie.

»Na, und wir wollen Mrs. Pargeter auch nicht unnötig aufregen, was? Aber lass uns einen winzigen Umweg am Hafen entlang machen.«

Als Hamish sich wegdrehte, war eine laute Stimme aus einem offenen Fenster des Hotels zu hören. »Wirf das verfluchte Ding weg! Das ist reines Gift!« Mrs. Cartwright, dachte Charlie. Dann erklang John Cartwrights Stimme: »Ach, na schön. Du machst dir zu viele Gedanken. Ich werfe das ins Meer, und dann können wir vielleicht mal schlafen.«

Ein zerknülltes Stück blaues Papier segelte an Charlies Kopf vorbei und landete auf den öligen Steinen am Strand. Es war Ebbe.

Charlie hob das Papier auf. Es handelte sich um einen zerknüllten Luftpostbrief. »Du solltest die Post anderer Leute nicht lesen«, sagte Hamish Macbeth ernst. »Auch wenn sie weggeworfen wurde.«

»Ich wollte das ja gar nicht lesen! Die Briefmarke ist nur so schön. Aus Österreich.«

Sie kamen an den Roths vorbei, die ein ganzes Stück entfernt voneinander gingen. Marvins Gesicht war rot angelaufen, Amys Mundwinkel waren nach unten gezogen. »Hi!«, sagte Marvin mit einem gequälten Lächeln.

»Ein herrlicher Abend«, bemerkte der Polizist. Das amerikanische Paar ging weiter, und Charlie stopfte hastig den Brief in seine Tasche.

Als sie beim Haus seiner Tante angekommen waren, bat Charlie schüchtern: »Kann ich von hier bitte allein weitergehen? Ich weiß, wie ich ins Haus komme, ohne sie zu wecken.«

Hamish Macbeth nickte, blieb allerdings an der Gartenpforte stehen, bis der Junge um die Hausecke verschwunden war.

Dann machte er sich auf den Weg zu seinem Haus, wo ihn sein Hund Towser schlabbernd begrüßte. Gedankenverloren streichelte Hamish das drahtige Hundefell. Etwas an diesem Angelkurs beunruhigte ihn.

Dritter Tag

Deine Zunge trachtet nach Schaden;
wie ein scharfes Schermesser, so heimtückisch ist sie.

PSALM 52

Alice hatte sich ermahnt, nicht die Nerven zu verlieren. Dennoch trieb es sie am nächsten Morgen um sechs Uhr aus dem Bett. Sie hatte sich angezogen und war zu einem Spaziergang auf dem Hügel hinterm Hotel aufgebrochen.

Ein feiner Dunst lag über allem. Er bildete kleine Wasserperlen an langen Gräsern und den Halmen des Sand-Thymians, lag über der sich samtig kräuselnden Bucht und waberte um alte, knorrige Baumstämme, die letzten Überreste des kaledonischen Waldes. Glockenblumen erzitterten, als Alice durchs Gras ging, und ein Eichhörnchen beäugte sie neugierig, ehe es einen Baum hinaufhuschte.

Alice setzte sich auf einen Felsen und nahm sich streng ins Gebet. Die kleine Sünde, die sie einst vors Jugendgericht gebracht hatte, war längst Geschichte. Nicht einmal die Nachbarn ihrer Mutter in Liverpool erinnerten sich noch recht daran. Und ganz sicher konnte Lady Jane nichts von der Sache wissen. Es hatte lediglich in der Lokalzeitung gestanden, mit ihrer Auflage von achttausend Exemplaren, und selbst dort war es nur ein kleiner Absatz unten auf Seite zwei gewesen. Zu der Zeit schien es zwar, als richteten sich die Augen und Ohren der Weltpresse auf sie, aber inzwischen war Alice älter und weiser geworden, daher wusste sie, dass sich die Medien überhaupt nicht für sie interessiert hatten. Das war das Elend, wenn man so überempfindlich war. Man fing an zu denken, dass andere alles Mögliche glaubten, nur weil sie irgendeine harmlose Bemerkung machten. Wer war Lady Jane denn schon? Nichts als eine doofe, zickige, frustrierte Hausfrau. Jeremy hatte erzählt, dass sie mit Lord John Winters verheiratet gewesen war, einem cholerischen Hinterbänkler in Wilsons Regierung, der zwei Monate nach der Verleihung seines Titels an einem Herzinfarkt gestorben war.

Dann war da noch Daphne Gore. Alice beneidete Daphne um ihren offensichtlichen Reichtum und ihr cooles Auftreten. Ihr hatte Lady Jane bisher nichts anhaben können. Trotzdem durfte Alice nicht zulassen, dass ihre eigenen albernen Skrupel sie daran hinderten, Jeremy von Daphne wegzulocken. Wenn sie es genau bedachte, hatte Lady Jane auch Jeremy noch nicht angegriffen. Vielleicht war es das, was einem Geld und eine Privatschule einbrachten – eine eherne Rüstung, an der alles abprallte.

John Cartwright wachte mit einem ungewohnt mulmigen Gefühl auf. Zwar kannte er einen Anflug von Lampenfieber vor Beginn eines neuen Kurses, aber der ging schnell vorüber, und dann blieb nichts als die schiere Freude, über sein Hobby und seine Leidenschaft reden zu dürfen und dafür auch noch Geld zu bekommen.

Jetzt jedoch schien Lady Jane wie eine fette Gewitterwolke über ihm am Himmel zu hängen.

Vielleicht nahm er die ganze Geschichte zu ernst. Doch weder er noch Heather waren in dieser Woche ihren Pflichten nachgekommen, wie es sein sollte. Normalerweise unterrichteten sie ihre Kursteilnehmer viel intensiver, wenn es ums Werfen und Knoten, Fliegenbinden und die Gewohnheiten des schlauen Lachses ging. Aber diesmal waren sie beide einzig darauf erpicht, ihre Schützlinge schnellstmöglich hinaus aufs Wasser zu schaffen. Als könnte sich die bedrohliche Atmosphäre auflösen, wenn sie zwischen die einzelnen Teilnehmer möglichst viel Platz brachten. Rein rechtlich konnten sie nichts tun, um sich vor Lady Jane zu schützen. Ihnen blieben nur zwei Optionen: Sie konnten beten – oder sie konnten Lady Jane umbringen. Aber John glaubte nicht an Gott, und der Gedanke an Gewalt schreckte ihn. Beim Dinner am Abend zuvor war Lady Jane charmant gewesen und schien guter Dinge zu sein. Vielleicht würde John an ihre nette Seite appellieren können … so sie denn eine besaß.

Die Sonne vertrieb den Dunst vom See, als sich der Kurs im Foyer versammelte, und es versprach ein sengend heißer Tag zu werden. Alice trug eine blauweiß karierte Bluse und weiße Baumwollshorts, die ihre langen, schlanken Beine bestens zur Geltung brachten. Und sie hatte ein süßes, billiges Parfum aufgelegt, das Jeremy verzückte. Frauen, die billige Düfte trugen, schienen immer so viel zugänglicher zu sein, und in Jeremy wurden Erinnerungen an zerwühlte Laken in möblierten Zimmern wach. Alice konzentrierte sich auf das Knotenüben, wobei ihr das dichte braune Haar in die Stirn fiel. Jeremy setzte sich zu ihr aufs Sofa und rückte dezent näher, bis sein Schenkel ihr nacktes Bein berührte. Alice wurde rot, und ihre Hände zitterten ein wenig. »Du siehst heute Morgen zum Anbeißen aus«, murmelte Jeremy und legte eine Hand leicht auf ihr Knie. Wie Alice in diesem wundervollen Moment feststellte, konnten sogar ihre Knie erröten.

»Wie erfreulich, einen jungen Mann zu sehen, der tatsächlich hinter alleinstehenden Mädchen her ist«, bemerkte Lady Jane zur Welt im Allgemeinen. »Ich gehöre zu jenen altmodischen Frauen, die Ehebruch für eine Sünde halten, die fast so schlimm ist, wie Bedienstete zu verführen.«

Diese Bemerkung, die nach einem Zitat aus *Das Haus am Eaton Place* klang, blieb größtenteils unbeachtet, rief aber eine seltsame Reaktion bei Jeremy und Daphne Gore hervor. Jeremy zog langsam seine Hand von Alices Knie und saß sehr still da. Daphne ließ ihre Kaffeetasse fallen und fluchte.

»Da kommt nichts Gutes bei raus«, fuhr Lady Jane fort. »Ich habe Mädchen erlebt, die sich zum Gespött machten, indem sie mit spanischen Kellnern durchbrannten, oder junge Männer, die verheiratete Bardamen verführten. Grauenhaft!«

Es folgte längeres Schweigen. Daphnes Verzweiflung war offensichtlich, und Jeremy sah aus, als sei ihm schlecht.

»Natürlich«, mischte sich Constable Macbeth mit sanfter Highland-Stimme ein, »sind einige von uns schon dank Alter und Erscheinung gegen fleischliche Sünden gefeit. Meinen Sie nicht auch, Lady Jane?«

»Wollen Sie mich beleidigen, Officer?«

»Nicht doch! Das hielte ich ohnehin für ein Ding der Unmöglichkeit.«

Lady Janes gewaltiger Busen hob sich unter der dünnen rotbraunen Seidenbluse. Sie ist ein richtiger Hulk, dachte Alice. Jeden Moment wird sie grün und geht in die Luft.

»Wäre mir nicht bekannt, in welch verarmten Umständen Ihre Familie lebt«, sagte Lady Jane, »würde ich Ihr fortwährendes Kaffeeschnorren verhindern. Aber Sie müssen sechs kleine Brüder und Schwestern unterstützen, nicht wahr? Und dann Ihre Eltern aus Ross und Cromarty. Wie unvernünftig, in mittleren Jahren noch Kinder zu bekommen. Diese könnten sich als zurückgeblieben entpuppen, wussten Sie das?«

»Selbst wenn es so wäre – und es ist nicht so –, wäre das immer noch besser, als wenn sie zu einem albernen, gemeinen Scheusal, wie Sie eines sind, heranwüchsen«, erwiderte Hamish mit einem süßlichen Lächeln.

»Dafür werden Sie bezahlen«, heulte Lady Jane auf. »Wissen Sie überhaupt, wer ich bin? Ist Ihnen klar, welche Macht ich besitze?«

»Nein«, antwortete Amy Roth tonlos. »Wissen wir nicht.«

Lady Jane öffnete und schloss ihren Mund wie eine Forelle auf dem Trockenen.

»So ist es recht, Schatz«, sagte Marvin Roth. »Sie können husten und prusten, doch Sie werden hier keine Häuser zum Einsturz bringen. Mit Ihren bissigen Bemerkungen mögen Sie anderen Menschen das Leben schwermachen, aber ich bin New Yorker, und Amy hier ist eine von den Blanchards aus Augusta, Georgia. Eine zähere Kombination werden Sie auf dieser Welt nicht finden.«

Bei Lady Jane setzte eine eigenartige Veränderung ein. Hatte es eben noch ausgesehen, als sollte sie dasselbe Schicksal ereilen wie ihren verstorbenen Mann, war ihre Zornesröte im nächsten Moment verblasst, und sie blickte fast liebevoll zu Amy hin.

»Du liebe Güte«, sagte sie lammfromm. »Eine gebürtige, lupenreine Blanchard?«

»Ja, Ma'am«, antwortete Marvin Roth stolz. »Amy gehört zum *alten* Geldadel, genau wie die Rockefellers.«

»Bitte!«, rief John Cartwright. »Lassen Sie mich anfangen, sonst schaffen wir heute gar nichts mehr.«

Sie rückten die Stühle in einen Halbkreis. Heather wickelte eine Leinwand aus und stellte einen kleinen Projektor bereit.
»Ein Diavortrag!«, stöhnte Lady Jane.

Ein Muskel in Johns linker Wange zuckte, doch er begann mit seinem Vortrag zu den Bildern von Lachsen, wie sie vom Meer den Fluss hinaufwanderten, wie sie laichten und wieder ins Meer zurückkehrten.

»Unsere Kursgebühren sind sehr moderat«, sagte John. »*Sehr* moderat«, wiederholte er streng auf Lady Janes Schnauben hin. »Die besseren Lachsgründe sind streng geschützt, und dort zu angeln kostet gewöhnlich viel Geld. Lachse werden grundsätzlich mit Fliegen geangelt, besonders die kleineren, und das mit gängigen Forellenruten fürs Reservoir-Fischen. Versierte Lachsangler nehmen allerdings auch längere Ruten, manchmal für den zweihändigen Wurf vorgesehene, sowie größere Spulen, schwerere Schnüre, stärkere Vorfächer und sehr viel größere Fliegen, als sie bei Forellen benutzt werden.«

»Hätten wir eine anständige Regierung«, unterbrach Lady Jane, »anstelle dieser Thatcher-Diktatur, dürfte *jeder* Lachse angeln, sogar das gemeine Volk.«

John seufzte und bedeutete Heather, den Projektor wegzuräumen. Heather und er liebten die Landschaft von Sutherland, und sonst beendete er diesen Vortrag immer mit wunderschönen Farbfotos von den Flüssen, den Bergen und den Lochs. Aber bei der gegenwärtigen Gruppe wäre all die Schönheit vergeudet. »Wir angeln heute in Upper Sutherland. Heather wird die Karten verteilen. Die Seitenbecken am oberen Flusslauf sind klein und leicht zu befischen, liegen nahe beieinander und sind nicht weit von der Straße entfernt. Im Sommer können die Fische die Sutherland-Wasserfälle nicht überwinden, und deshalb konzentrieren sie sich auf die oberen Gründe. Auf Ihren Karten finden Sie den Slow Pool markiert. Das ist ein sehr gutes Haltebecken, ganz besonders wenn der Wasserstand hoch ist und man am besten vom rechten Ufer aus angelt. Heather und ich nehmen Alice und Charlie mit, und der Rest von Ihnen kann hinter uns herfahren, wie gehabt.«

Es war ein herrlich warmer Tag, und selbst Charlie Baxter legte seine übliche Zurückhaltung ab und pfiff vergnügt vor sich hin, während der große Kombi die Haarnadelkurven der Highland-Straßen bezwang. An einer Stelle donnerte ein Militärflugzeug so dicht über sie hinweg, dass der Lärm ohrenbetäubend war. »Eine Jaguar!«, rief Charlie.

John drehte an den Radioknöpfen. Lautes Gälisch ertönte. Er drehte weiter. Gälisch. »Gibt es nichts auf Englisch?«, fragte Alice, die sich durch die unverständliche Sprache erst recht von der Zivilisation abgeschnitten fühlte. »*She's got a ticket to ride*«, röhrten die Beatles, und alle stimmten lachend ein. Irgendwie bewirkten die sengende Sonne und die klare Luft, dass Lady Jane zu einem Punkt am Horizont schrumpfte. Alice verstand nun, warum die Leute früher geglaubt hatten, dass nachts böse Kreaturen ihr Unwesen trieben.

Sie fand es bloß schade, dass der Kombi groß genug war, um die Angeln liegend zu transportieren. Es wäre witzig gewesen, hätten sie steil aus einem Seitenfenster nach oben geragt, um der ganzen Welt zu zeigen, dass sie eine professionelle Lachsanglerin war.

Sie parkten in einem stillgelegten Steinbruch und stiegen aus, um sich mit den anderen zu treffen. Lady Jane trug einen griechischen Fischerhut, der ihrem runden Gesicht mit der Hakennase etwas seltsam Hermaphroditisches verlieh.

John breitete die Karte auf seiner Kühlerhaube aus und teilte sie in Paare auf. Daphne und Lady Jane sollten am Calm Pool angeln, einem guten Haltebecken, und erfuhren, dass das strömende Wasser im oberen Bereich am besten war. Der Major und Jeremy wurden zum Slow Pool geschickt, um ihr Glück zu versuchen, die Roths zur Silver Bank und Alice und Charlie zum Sheiling nach oben, wo sie es probieren sollten. Heather wollte mit Alice gehen und John mit dem Major und Jeremy.

Alice angelte emsig, bis Heather verkündete, dass es Zeit für die Mittagspause wäre. Das Angelfieber hatte Alice so gepackt, dass sie kein einziges Mal an Jeremy gedacht hatte.

Beim Mittagessen stellte sich heraus, dass Lady Jane und der Major vermisst wurden. Jeremy sagte, dass der Fischereiaufseher von Lochdubh den Major beiseitegenommen und sich mit ihm unterhalten hätte; daraufhin hätte der Major seine Sachen zusammengepackt und wäre gegangen. Daphne erzählte verärgert, Lady Jane hätte ihre Angel so heftig auf das Wasser gepeitscht, dass selbst ein Wal geflohen wäre, sei dann aber zum Glück verschwunden.

Lady Janes Abwesenheit wirkte wie Champagner auf die Stimmung der Gruppe. Heather hatte den Hotel-Lunch mit selbstgemachten Würstchen in Blätterteig, Kartoffel-Scones und Rosinenbrot mit reichlich Butter und Erdbeermarmelade aufgestockt. Alice stellte erfreut fest, dass Daphnes Haut in der Sonne einen hässlichen Rotton angenommen hatte, wohingegen ihre eigene sich blassgolden färbte. Eine sanfte Brise fächelte ihr über die heißen Wangen, und Jeremy machte alles perfekt, indem er sich entschied, den Rest des Tages mit ihr zu angeln.

Nach einer Weile schlug Jeremy eine Pause vor. Alice legte sich ins weiche Heidekraut am Ufer und blickte verträumt zum blauen Himmel auf.

»Was hältst du von Lady Jane?«, fragte Jeremy sie unvermittelt. Alice stützte sich auf einen Ellbogen auf. »Weiß ich nicht«, antwortete sie vorsichtig. »Ich glaube, dass sie sich auf eine andere Form des Angelns spezialisiert hat. Anscheinend weiß sie, dass jeder irgendeine Leiche im Keller hat, und wirft willkürlich mit Bemerkungen um sich, um zu sehen, ob sie damit jemanden trifft. So wie bei dir und Daphne heute Morgen. Was immer sie mit den Bediensteten und dem spanischen Kellner gemeint hat, hat dich und Daphne eindeutig getroffen.«

»Unsinn«, widersprach Jeremy hastig. »Ich war um Daphnes willen wütend. Ich konnte ja sehen, wie sehr es sie aufgeregt hat.« Aber *dich* erschütterte es zuerst, dachte Alice. »Ich glaube, die Frau ist einfach verrückt. Das ganze Gerede über ihre Macht ist kompletter Blödsinn. Sie ist nicht mal von guter Herkunft. Ich habe meinen Vater neulich Abend am Telefon nach ihr gefragt, und er sagt, dass sie die Tochter der alten Marie Phipps ist, der Sekretärin und Geliebten von Lord Chalcont. Marie zwang seine Lordschaft, Jane auf ein Mädchenpensionat in der Schweiz zu schicken. Einen Mr. Phipps gab es nie.«

»Heißt das, sie ist ein uneheliches Kind?«, hauchte Alice. »Wie wundervoll! Das würde ich ihr zu gerne ins Gesicht schleudern.«

»Um Himmels willen, nein!«, sagte Jeremy streng. »Sie würde zurückbeißen wie eine Natter.«

»Aber du hast doch gesagt, dass sie null Macht hat.«

»Keine Macht«, korrigierte er automatisch, und für einen kurzen Moment hasste Alice ihn dafür. »Es ist nur so, dass ich beabsichtige, mich zur Wahl zu stellen, und deshalb bin ich sehr darauf bedacht, mir keine Feinde zu machen.«

»Du wärst wunderbar!«, sagte Alice. Er konnte glatt Premierminister werden. Maggie Thatcher würde ja nicht ewig leben.

»Du bist ein lustiges, anstrengendes kleines Ding.« Jeremy beugte sich vor und küsste sie auf den Mund. Dabei umarmte er sie fest, wenn auch fast wie ein Schuljunge. »Jetzt lass uns angeln.« Er grinste.

Alice watete benommen und mit zittrigen Beinen ins Wasser, erfüllt von einem schwindelig machenden Kribbeln. Der künftige Premierminister von Großbritannien hatte sie soeben geküsst! »Kein Kommentar«, sagte sie zu den drängelnden Reportern, während sie durch die Tür von Number

Ten rauschte. Wo kaufte die Queen ihre Hüte? Das musste sie unbedingt herausfinden.

Sonnenschein, körperliche Betätigung und Träume von Ruhm. Alice sollte noch oft an diesen Nachmittag als die letzte unbeschwerte Zeit ihres Lebens zurückdenken.

Die Sonne versank glühend hinter den Bergen und schien sie in zweidimensionale Pappsilhouetten wie in einem Bühnenbild zu verwandeln. Die klare Luft duftete nach Thymian, Salbei und Kiefernharz.

Zu Alices Freude hatte Daphne einen leichten Sonnenstich und musste von Heather zum Hotel zurückgebracht werden. So durfte Alice mit Jeremy zurückfahren.

Nichts war sinnlicher als ein teures, schnelles Auto, das von einem reichen, lässigen Mann abends durch die Highlands gelenkt wurde.

Alice fühlte sich träge und sexy. Die untergehende Sonne blitzte zwischen den Bäumen und Sträuchern hindurch, als sie durch das blassgelbe Leuchten des Nordens fuhren.

Das Gras war in diesem abendlichen Dämmerlicht so grün wie im Märchen, grün und golden wie in Nimmerland. Alice verstand nun, warum die Highlander an Feen glaubten. Jeremy drosselte das Tempo, als ihnen außerhalb des Dorfes die große Blonde, die Alice mit Constable Macbeth gesehen hatte, mit zwei Irischen Wolfshunden an der Leine entgegenkam.

»Sie ist die Traumfrau von Constable Macbeth«, sagte Alice, die glücklich war, ein bisschen Klatsch beisteuern zu können.

»Keine Chance«, sagte Jeremy heiter und zitierte damit unbewusst Lady Jane. »Das ist Priscilla Halburton-Smythe, die Tochter von Colonel Halburton-Smythe. Ihr Foto war vor wenigen Wochen in *Country Life*. Den Halburton-Smythes gehört das meiste Land in dieser Gegend.«

»Aha.« Alice empfand einen Funken Mitgefühl für den Dorf-Constable. »Vielleicht liebt sie ihn ebenfalls.«

»So dumm ist sie gewiss nicht. Bei ihr hätte nicht mal *ich* eine Chance.«

»Legst du großen Wert auf die Herkunft der Menschen?«, fragte Alice leise.

Jeremy erinnerte sich an seine Zukunft als Politiker. »Nein«, antwortete er entschlossen. »Ich halte so etwas für Blödsinn. Eine Lady ist eine Lady, egal woher sie kommt.«

Alice schenkte ihm ein strahlendes Lächeln, und er erwiderte es, während er daran dachte, dass sie wirklich ein sehr hübsches kleines Ding war.

Die Sonne verschwand, als sie nach Lochdubh hinunterfuhren. Alice betete, dass Jeremy den Wagen anhalten und sie wieder küssen würde, doch er schien ganz in seine Gedanken vertieft.

Beim Hotel fanden sie die anderen Kursteilnehmer um Major Peter Frame geschart vor. Er hielt stolz einen großen Lachs in die Höhe, und Heather fotografierte ihn dabei. Zwei weitere Riesenfische lagen in einer Plastiktüte auf dem Boden zu seinen Füßen.

»Wie haben Sie das denn angestellt?«, fragte Jeremy und klopfte dem Major auf den Rücken. »Hey, diesem Burschen fehlt ein großes Stück aus der Seite.«

»Leider ist das passiert, als ich den Haken herauszog«, sagte der Major. »Ich war wohl zu aufgeregt.«

»Oh Mann, wäre ich bloß bei Ihnen geblieben! Aber ich dachte, Sie wären woanders hingegangen. Waren Sie das gar nicht?«

Der Major tippte sich an die Nase. »Das behalte ich für mich. Aber ich verrate Ihnen etwas anderes: Der Schampus geht heute Abend auf mich.«

»Bringen wir die zur Waage und tragen wir Ihren Fang

ein«, sagte John, dessen Gesicht förmlich leuchtete. Das Foto würde an die Lokalzeitungen und Angelzeitschriften geschickt. John liebte es, wenn einer seiner Schüler einen guten Fang machte. Doch bisher hatte noch keiner von ihnen so viel Glück gehabt.

Nun freuten sich alle auf den Abend und erinnerten sich daran, dass auch Lady Jane dann bei bester Laune sein würde. Sie verabredeten sich für acht Uhr in der Bar, um auf den Fang des Majors anzustoßen.

Alice gab sich große Mühe mit ihrem Aussehen. Sie hatte sich ein hübsches Kleid in einem Secondhandladen gekauft, dessen Erlöse der Seniorenhilfe zugutekamen. Die Kleider dort waren zwar gebraucht, die meisten jedoch kaum getragen, und Alices Cocktailkleid sah so gut wie neu aus. Es war aus schwarzem Seidensamt, recht streng geschnitten, vorn tief dekolletiert und an beiden Seiten des Rockteils bis zu den Oberschenkeln geschlitzt.

Schließlich war Alice fertig – eine halbe Stunde zu früh. Heute Abend würde sie ihren großen Auftritt haben. Ihre hohen schwarzen Sandalen mit den schmalen Riemchen machten sie größer und hoben ihr Selbstbewusstsein. Im schummrigen Licht des Hotelzimmers ließ ihr Spiegelbild sie souverän und kultiviert aussehen.

Alice drehte sich gerade vom Spiegel weg, als Lady Janes gesammelte bissige Bemerkungen sie in einem Schwall einholten. Es war zwecklos, sich etwas vormachen zu wollen; Lady Jane hatte sich die Mühe gemacht, über jeden von ihnen irgendetwas herauszufinden. Was, das dürfte Jeremy niemals erfahren. Der künftige Premierminister von Großbritannien durfte keine Frau mit einer Polizeiakte haben. Andererseits wusste Lady Jane auch etwas über ihn. Hatte er eine Bedienstete verführt? Und wenn schon. Das ist eine Oberschichtssünde und daher verzeihlich, dachte Alice unglücklich. Sie setzte sich auf die Bettkante und blickte sich verdrossen um.

Wie herrlich wäre es, zu Mr. Patterson-James zu gehen, ihm ihre Kündigung zu reichen und zu sagen, dass sie Jeremy Blythe heiraten würde – »einen der Somerset-Blythes, wissen Sie?« Dann waren da noch ihre Eltern in Liverpool. Alice dachte an ihr kleines, schäbiges, aber gemütliches Zuhause. Dort dürfte Jeremy niemals hin. Ihre Eltern würden eben zur Hochzeit nach London kommen müssen.

Doch Lady Jane stand zwischen Alice und all diesen Träumen. Ein unbändiger Hass auf Jane Winters überkam Alice. Primitiver, nackter Hass.

Zehn nach acht! Alice sprang erschrocken auf.

In der Bar war es voll, als Alice nach unten kam. »Ach, du liebe Güte, die lustige Witwe«, bemerkte Lady Jane und musterte Alices schwarzes Samtkleid. Die Angelgruppe hatte sich an einen Fenstertisch gesetzt, wo der Major gut gelaunt Sekt ausschenkte. Alices Auftritt ging leider unter, denn der Major erzählte gerade, wie er den ersten Lachs eingeholt hatte, und alle klebten förmlich an seinen Lippen. »Die Geschichte ist fast gut genug, um wahr zu sein«, sagte Lady Jane.

»Nun, offensichtlich ist sie wahr«, entgegnete der Major, dessen Laune durch nichts zu trüben war. »Ich bin hier, und mein Fisch wartet im Kühlraum des Hotels darauf, geräuchert zu werden. Übrigens, Alice, Ihre Forelle ist auch noch dort. Sie haben vergessen, Sie zum Frühstück zubereiten zu lassen.«

»Sie und Alice haben eines gemein«, sagte Lady Jane und lächelte. »Bis zum Wochenende werden sich im Kühlraum dieses Hotels lauter Fische stapeln, die keiner von Ihnen gefangen hat.«

Der Rest der Gruppe bemühte sich, Lady Janes Worte zu ignorieren. »Verraten Sie uns, wo genau Sie diesen Lachs gefangen haben, Major«, forderte Jeremy ihn auf.

»Ja, erzählen Sie es uns«, stimmte Daphne ein. »Es ist unfair, eine solch hervorragende Stelle für sich zu behalten.«

Der Major lachte und schüttelte den Kopf.

»Ach, *ich* verrate es Ihnen«, sagte Lady Jane. Sie trug eine Art geblümten, pyjamaartigen Hosenanzug, wie sie einige Jahrzehnte zuvor modern gewesen waren. Grellroter Lippenstift betonte ihre herabgezogenen Mundwinkel. »Ich habe unlängst Ian Morrison getroffen, den Fischereiaufseher. Der gute Mann hatte schon einen im Tee und erzählte mir ganz genau, *wie* Sie die Fische gefangen haben.«

Beklemmende Stille trat ein. Der Major stand mit einer Flasche Sekt in der einen und einem Glas in der anderen Hand da und lächelte verlegen.

»Wir sollten dann alle zum Abendessen gehen«, verkündete Heather laut und deutlich.

»Ja, gehen wir«, pflichtete der Major ihr prompt bei.

Alle standen auf. Lady Jane blieb sitzen. Eine goldfarbene Sandalette baumelte an ihrem dicken Fuß, als sie zu den anderen aufblickte.

»Major Frame hat keinen dieser Fische gefangen«, sagte sie hochzufrieden. »Ian Morrison nahm ihn mit nach oben zu einem der hohen Becken am Anstey. In einem davon waren drei Lachse gefangen, weil der Wasserstand in der plötzlichen Hitze stark abgefallen war. Die armen Tiere starben an Sauerstoffmangel. Einer war schon halb aus dem Wasser, und eine Möwe hatte ihm in die Seite gehackt, es lag also *nicht* am erfundenen Haken des guten Majors!«

Einer nach dem anderen gingen sie in den Speisesaal, wobei sie weder einander noch den Major ansahen. Schließlich ertrug Alice es nicht länger. Sie setzte sich neben den Major. »Ich glaube ihr kein Wort«, sagte sie und tätschelte seine Hand. »Die furchtbare Frau hat sich das alles ausgedacht.«

Der Major lächelte ihr ein wenig angespannt zu und trank weiter von seinem Sekt.

Charlie Baxter war eingeladen worden, mit ihnen zu Abend zu essen. Da er nicht in der Bar gewesen war, ahnte er nichts davon, dass der Major beleidigt worden war. Doch nun sah er die Gesichter der anderen, setzte sich hin und aß hastig, damit er möglichst schnell verschwinden konnte.

Lady Jane begann wie üblich, heitere Anekdoten zu erzählen, während die anderen sie hasserfüllt ansahen.

Was der Major getan hatte, war nicht schlimm; Alice fand es sogar richtig clever. Sicher hätte sie selbst ebenfalls Stein und Bein geschworen, dass sie die Fische gefangen hätte.

Heather Cartwright war kreuzunglücklich. Die Fotos waren bereits auf dem Postweg zu den Lokalzeitungen und den Anglermagazinen, nachdem John sie eilig in ihrer eigenen Dunkelkammer entwickelt hatte. Nun konnte Heather sich nicht entscheiden, wen sie umbringen wollte – Lady Jane oder den Major. Als der Major einen tollen Fang gemacht zu haben schien, hatten John und sie erleichtert aufgeatmet. Sie glaubten, dass ihnen nun nichts mehr von dem, was Lady Jane sagte, etwas anhaben könnte. Der vermeintliche Fang war eine grandiose Werbung für ihre Angelschule. Und dann spielte der dumme, eitle Major Lady Jane direkt in die Hände. Ich komme schon irgendwie damit klar, dachte Heather, aber sollte dieser Angelschule etwas passieren, bringt es John um.

»Ich fand diese Bohnenstangen, die Kleider vorführen, immer schon zum Brüllen«, sagte Lady Jane. »Ich erinnere mich noch, wie ich mir die Kollektion von Hartnell ansah, und da waren die üblichen nichtssagenden Mannequins und führten die Mode der Saison vor. Es war so heiß und stickig, dass wir alle halb einschliefen, während in diesem entsetzlichen Putney-Akzent Sachen angesagt wurden wie: ›Für

Goodwood, für Ascot‹ und so weiter. Dann kommt eine Frau auf die Bühne und sagt: ›Für Kühe‹, und wir sind alle geplatzt vor Lachen.« Lady Jane lachte gellend.

Marvin Roth sehnte sich den rothaarigen Dorf-Constable herbei. Keiner sonst brachte den Mut auf, unhöflich zu Lady Jane zu sein. Sollte sie etwas über ihn, Marvin Roth, wissen, dann gnade ihr Gott. Aber diese Bemerkung gegenüber dem Constable, sie hätte »Macht«, war besorgniserregend. Welche Macht konnte sie besitzen?

Erpressung, dachte Marvin Roth plötzlich. Das war es. Und er könnte nichts dagegen tun. Wären sie in New York, sähe es anders aus. Dort konnte man jederzeit jemanden anheuern, um Leute wie Lady Jane aus dem Weg zu schaffen … auch wenn es heute nicht mehr wie in den frühen Siebzigern zuging, als tausend Dollar an die Mafia reichten, um jemanden loszuwerden. Vielleicht sollte er einfach versuchen, sie mit Geld zum Schweigen zu bringen, bevor sie in die Offensive ging. Amy dürfte es nie erfahren. Sie war ein Schatz. Für die Scheidung von dem Flittchen, das seine erste Frau gewesen war, hatte er ein Vermögen hingeblättert, aber Amy Blanchard war es wert gewesen. Marvin wusste, dass Amy sich wünschte, er würde es in der Politik weit bringen. Natürlich wusste oder ahnte Amy zumindest etwas von seiner Vergangenheit, trotzdem dürfte sie nicht mitbekommen, wenn er sich mit Lady Jane zu einigen versuchte. Amy hatte ihre Prinzipien, und sie würde Marvin verachten, sollte er vor Lady Jane kuschen.

Marvin wischte sich über seinen kahlen Schädel und warf Lady Jane einen Seitenblick zu. Oh nein, Ma'am, ehe ich mir von einer Schreckschraube wie dir alles kaputtmachen lasse, darfst du mir im Schaufenster von Macy's den Hintern küssen!

Endlich war das schreckliche Dinner vorbei. Alice strich

sich nervös ihr Samtkleid glatt und lächelte hoffnungsvoll zu Jeremy auf. Der sah sie nur flüchtig an, bevor er sich abrupt zu Daphne Gore wandte: »Komm mit, wir müssen reden.«

Tränen glänzten in Alices Augen. Sie war furchtbar müde, fühlte sich fremd, ausgeschlossen und allein. Als sie an der Bar vorbeikam, saßen dort lauter Leute, die lachten und tranken. Es waren andere Gäste, die nicht zur Anglergruppe gehörten. Alice zögerte. Sie wollte den Mut aufbringen, sich zu ihnen zu setzen, und nur ein einziges Kompliment für ihr Kleid bekommen, mit dem all ihr Unglück verpuffen würde.

Constable Hamish Macbeth lehnte an seiner Gartenpforte und blickte über die Bucht hinweg zu den Hotellichtern. Er hatte die Hühner und Gänse gefüttert, und sein Hund lag zu seinen Füßen, lang ausgestreckt wie ein Bettvorleger und zufrieden schnarchend.

Hamish steckte sich eine Zigarette an und schob seine Mütze zurück. Er war nicht froh, was bei ihm eher selten vorkam. Normalerweise mochte er diese Tageszeit ganz besonders gern.

Aber er musste zugeben, dass ihm Lady Jane zusetzte. Ihm gefiel die Vorstellung nicht, dass diese fette Frau Einzelheiten über sein Familienleben herausgefunden hatte, auch wenn es daran nichts gab, wofür er sich schämen musste.

Es stimmte, dass Hamish Macbeth sechs Geschwister unterstützen musste. Er war ein Jahr nach der Heirat seiner Eltern zur Welt gekommen. Danach hatte es eine lange Pause gegeben, und anschließend bekamen Mr. und Mrs. Macbeth drei Jungen und drei Mädchen so schnell hintereinander, wie es physisch überhaupt nur möglich war. Wie in vielen Familien keltischen Ursprungs, war es auch in seiner selbstverständlich, dass der älteste Sohn ledig blieb, bis die jüngeren Geschwister auf eigenen Beinen standen. Ganz bewusst hatte Hamish sich für die wenig ehrgeizige Laufbahn eines Dorfpolizisten entschieden, weil er auf diese Weise den Großteil seines Gehalts nach Hause schicken konnte. Er war ein geschickter Jäger, und regelmäßig fanden Wildbret und Lachs den Weg auf den Tisch von Ross und Cromary. Das wenige Eiergeld, das er mit seinen Hühnern verdiente, wurde gleichfalls nach Hause geschickt. Und dann war da noch das jährliche Preisgeld für den besten Bergläufer bei den Strathbane-Highland-Spielen. Fünf Jahre in Folge hatte Hamish den ersten Platz gemacht.

Sein Vater war ein Kleinbauer, konnte aber nicht annähernd genug erwirtschaften, um die sechs jüngeren Kinder zu ernähren. Und Hamish fand sich mit seinem Los genauso ab wie mit den meisten anderen Dingen: unerschütterlich und gut gelaunt.

In letzter Zeit jedoch ertappte er sich häufiger bei dem Wunsch, er hätte ein bisschen mehr Geld in der Tasche, auch wenn er sich den Grund dafür nicht mal selbst eingestehen wollte.

Zugeben konnte er hingegen, dass er sich große Sorgen wegen dieses Angelkurses machte. In seinem Revier hatte es Hamish höchstens mal mit Bigamie oder den gelegentlichen Trunkenbolden am Samstagabend zu tun. Die meisten Dorfstreitigkeiten wurden sozusagen an Ort und Stelle von dem allzeit diplomatischen Hamish geklärt. Er wurde nicht von skrupellosen Wildererbanden geplagt, obwohl er sicher war, dass dies noch kommen würde. Außerhalb des Dorfes wurde derzeit eine neue Sozialsiedlung gebaut, eines von diesen irrwitzigen Projekten, bei denen man die schlimmsten Sozialfälle aus ihren städtischen Ghettos holte und sie in die überwältigende Einöde der Highlands verpflanzte. In Hamishs Augen waren solche Siedlungen Brutstätten von Wildererbanden, die mit Sprengstoff Lachse angelten und sich mit Rasiermessern und Fahrradketten bekämpften.

Doch zunächst einmal sagte Hamishs Gefühl ihm, dass dieser Angelkurs noch Ärger machen würde. Und er beschloss, ein bisschen mehr über Lady Jane herauszufinden. In Gedanken ging er die Namen und Adressen von Freunden und Verwandten durch. Wie bei den meisten Highland-Bewohnern war auch Hamishs Verwandtschaft über den ganzen Globus verteilt.

Ihm fiel sein Cousin zweiten Grades ein, Rory Grant, der beim *Daily Telegraph* in der Fleet Street arbeitete. Hamish ging ins Haus und meldete ein R-Gespräch an. »Hier ist Constable Macbeth aus Lochdubh in einer dringenden Angelegenheit für Rory Grant«, sagte Hamish, als er zur Telefonzentrale der Zeitung durchgestellt wurde, wo man den Anruf nur ungern bezahlen wollte. Als er schließlich mit Rory verbunden wurde, beschrieb Hamish ihm Lady Jane Winters und bat ihn um Informationen über sie.

»Da muss ich ins Archiv gehen und nach Artikeln über sie suchen«, sagte Rory. »Das könnte ein bisschen dauern. Ich rufe dich wieder an.«

»Ach nein«, erwiderte Hamish, der sich gemütlich zurücklehnte. »Ich bezahle diesen Anruf nicht, also warte ich einfach und trinke so lange ein Bier.«

»Wie du willst«, sagte Rory. Hamish klemmte sich das Telefon zwischen Ohr und Schulter und angelte eine Flasche Bier aus der untersten Schreibtischschublade. Er mochte kein kaltes Bier, und überhaupt war Hamish mit amerikanischen Filmen aufgewachsen, in denen die Helden grundsätzlich eine Flasche aus ihrer Schreibtischschublade holten. Bis heute empfand er es als aufregend, dasselbe zu tun, auch wenn er nur nach warmem Bier griff und nicht nach Bourbon.

Er hatte die Bürotür offen gelassen, durch die nun eine Henne hereinkam, auf die Schreibmaschine flatterte und Hamish mit ihren Knopfaugen musterte.

Auf einmal erschien Priscilla Halburton-Smythe, an deren Hand ein Paar tote Moorhühner baumelten, in der Tür. Sie lächelte beim Anblick von Hamish mit seinen riesigen Stiefeln auf dem Schreibtisch, der Flasche Bier in der einen, dem Telefon in der anderen Hand und der Henne vor sich.

»Wie ich sehe, verhören Sie gerade einen Dorfganoven«, sagte Priscilla.

»Falsch«, entgegnete Hamish. »Ich warte, dass mein Cousin in London wieder ans Telefon kommt und mir einige sehr wichtige Informationen durchgibt.«

»Ich meinte die Henne, Dummkopf. Das war ein Scherz. Hier bringe ich Ihnen ein paar Moorhühner.«

»Sind die abgehangen?«

»Nein, ich habe sie heute erst geschossen. Warum fragen Sie?«

»Ach, nichts, schon gut. Sehr nett von Ihnen, Miss Halburton-Smythe.«

Da Hamishs Familie keine Moorhühner mochte, überlegte der Polizist, wie schnell er es nach Ullapool schaffen konnte, wo ihm einer der Schlachter zweifellos einen guten Preis für die Tiere machen würde. Hamish besaß keine Tiefkühltruhe, bloß ein kleines Eisfach in seinem Kühlschrank, und das war vollgestopft mit Fertigmahlzeiten.

Hamish stand auf, wobei er die Henne erschreckte, die gackernd aufflog. Er zog Priscilla einen Stuhl heran. Als sie sich setzte, musterte er sie. Der Saum ihrer beigefarbenen Seidenbluse steckte in einer Kniebundhose aus Cord, was ihre schmale Taille ebenso betonte wie ihre hohen, festen Brüste. Das ovale Gesicht, umrahmt von blassgoldenem Haar, wurde von strahlend blauen Augen und dichten dunklen

Wimpern davor bewahrt, farblos zu wirken. Hamish räusperte sich. »Ich muss am Telefon bleiben, aber Sie dürfen sich gerne eine Flasche Bier aus dem Kühlschrank in der Küche holen.«

»Ich dachte, Sie mögen kein kaltes Bier!«, rief Priscilla ihm zu, als sie bereits durch den kleinen Flur zur Küche ging.

»Stimmt, aber ich stelle immer eines für Besuch kalt!«, rief Hamish. Tatsächlich wartete dort eine Flasche eigens für Priscilla, seit sie vor vier Monaten erstmals zu ihm gekommen war, um einen harmlosen Fall von Wilderei zu melden.

»Es gibt hoffentlich keinen Ärger«, ergänzte Hamish, als Priscilla mit einem schaumgekrönten Glas zurückkehrte. »Ich hoffe, Sie führt kein Verbrechen her.«

»Nein, ich dachte nur, dass Sie vielleicht gern ein paar Vögel zum Essen hätten.« Priscilla lehnte sich auf dem Stuhl zurück und überkreuzte die Beine, sodass sich der Cordstoff über ihren Schenkeln straffte. Hamish schloss halb die Augen.

»Ehrlich gesagt bin ich auf der Flucht«, gestand Priscilla. »Daddy hat einen schaurigen Trottel aus London mitgebracht. Er will, dass ich ihn heirate.«

»Und werden Sie?«

»Aber nein, Sie alberner Constable! Habe ich nicht eben gesagt, dass er ein Trottel ist? Übrigens gibt es heute Abend eine Filmvorführung im Gemeindesaal. Die zweite Vorstellung fängt um zehn an. Es wäre sicher witzig, zusammen dorthin zu gehen.«

Hamish schmunzelte. »Mein liebes Kind, das sind Bill Haley und seine Comets in *Rock Around the Clock*! Der lief erstmals, bevor wir beide auf der Welt waren, glaube ich.«

»Wunderbar. Gehen wir hin, wenn Sie Ihr Telefonat mit wem auch immer beendet haben.«

»Ich kann mir nicht vorstellen, dass es Colonel Halburton-Smythe gefällt, wenn seine Tochter mit dem örtlichen Bobby ins Kino geht.«

»Er weiß nichts davon.«

»Sie sind noch nicht lange in den Highlands. Morgen, spätestens in einer Woche, wissen es alle hier.«

»Aber Daddy redet mit keinem im Dorf.«

»Ihr Hausmädchen, Maisie, ist verrückt nach Filmen. Sie wird da sein, es den anderen Bediensteten erzählen, und dieser sauertöpfische Butler, Jenkins, wird es als seine Pflicht erachten, seinen Herrn davon zu unterrichten.«

»Macht es Ihnen etwas aus?«

»Nicht viel«, antwortete Hamish grinsend. »Ah, Rory, da bist du ja wieder.«

Er hörte aufmerksam zu. Priscilla beobachtete ihn und bemerkte erstmals, wie katzenähnlich seine braunen Augen geschnitten waren.

»Danke, Rory«, sagte Hamish schließlich. »Das ist sehr interessant. Mich wundert, dass das nicht bekannter ist.«

Die Stimme am anderen Ende quäkte wieder.

»Danke«, sagte Hamish finster. »Es könnte sein, dass ich dir in den nächsten Tagen einen winzigen Mord melden kann. Nein, war nur ein Witz, Rory.« Hamishs leicht zischender Akzent wurde stärker, wenn er ehrlich aufgeregt war.

Er legte den Hörer auf und blickte ins Leere.

»Worum ging es da gerade?«, fragte Priscilla.

»Klatsch und noch mehr Klatsch«, sagte Hamish und stand auf. »Warten Sie hier, Miss Halburton-Smythe. Ich schließe nur ab, dann können wir los. Und eines Tages werde ich Ihnen alles erzählen.«

Vierter Tag

Wenn Sie einen großen Fisch am Haken haben,
müssen Sie vor allem ruhig bleiben.

Peter Wheat, *The Observer's Book of Fly Fishing*

Eine recht wortkarge Gruppe versammelte sich am nächsten Morgen im Foyer. Heather Cartwright hatte merklich von ihrer üblichen phlegmatischen Ruhe eingebüßt. Sorgenfalten hatten sich in ihr rundes Gesicht gegraben, und ihre Stimme bebte, als sie alle bat, sich hinzusetzen.

Lady Jane fehlte, doch jeder schien zusammenzuzucken, sobald jemand den Raum betrat. John Cartwright erklärte in auffällig mattem Ton, er habe den Eindruck, dass sie die Kunst des Werfens noch nicht richtig gelernt hätten, weshalb er sie nach hinten auf den Rasen mitnehmen wolle, um es ihnen vorzuführen. Er sah den Major an, um wie immer zu ergänzen, dass die Erfahreneren unter ihnen natürlich ruhig schon zum Angeln gehen könnten, schaffte es aber offensichtlich nicht, die Worte über die Lippen zu bringen.

Bibbernd im kühlen Morgendunst standen sie dann um John herum, während er ihnen den perfekten Wurf vorführte. Allmählich erwärmte er sich wieder für sein Thema, doch sein kleines Publikum trat unruhig von einem Fuß auf den anderen.

Ihre Rastlosigkeit übertrug sich letztlich auf John, sodass er seinen Vortrag mit einem kleinen Seufzer abbrach. »Lassen wir es gut sein, und fahren wir zu den oberen Läufen des Anstey. Ich sage vorn an der Rezeption Bescheid, falls Lady Jane nach uns fragt. Es ist unnötig, sie zu stören, wenn sie noch schläft.«

Wie den Tag zuvor, drang auch jetzt schon die Sonne durch den Dunst. »Ein schlechter Tag zum Angeln«, stellte der Major weise fest, und Alice beneidete ihn darum, wie schnell er sich von der Erniedrigung des Vortages erholt hatte.

»Ich mag die Sonne«, sagte sie und konnte nicht umhin hinzuzufügen: »Und ich hoffe, dass Lady Jane nicht aufkreuzt, um uns den Tag zu vermiesen.«

»Ich habe das Gefühl, dass wir sie heute nicht sehen werden«, entgegnete der Major unbekümmert.

Und dann war es, als hätten sie alle dasselbe Gefühl. Die Stimmung besserte sich spürbar. John Cartwright lächelte seiner Frau zu und drückte ihre Hand auf der Fahrt über die gewundenen Straßen hinauf zum Fluss. »Sicher haben wir uns zu viele Gedanken wegen dieser Frau gemacht«, murmelte er Heather zu. »Keine Angst, ich sorge dafür, dass sie uns nicht mehr piesackt.«

Alice atmete auf. Offensichtlich wollten die Cartwrights Lady Jane sagen, dass sie abreisen müsste. Alice grinste Charlie zu, doch der wandte kreidebleich und elend den Kopf ab.

Alice zuckte nur mit den Schultern. Wieder einmal überstrahlte die Sonne alle nächtlichen Kümmernisse. Alice war bereit zu akzeptieren, dass sie keine Chance bei Jeremy hatte. Sollte er doch Daphne bekommen. Es war sinnlos, dagegen ankämpfen zu wollen. Alice würde die Bewegung an der frischen Luft und die Landschaft, so gut sie irgend konnte, genießen. Ihre Gedanken kehrten zu Mr. Patterson-James zurück. Sicher wäre er beeindruckt, wenn sie ihm von ihrem Urlaub berichtete.

Als sie jedoch aus dem Wagen stieg und wartete, dass Heather ihr die Angelrute gab, wünschte sie sich trotzdem, Jeremy würde sich zu ihr gesellen wie in den letzten Tagen auch.

Dank der abwesenden Lady Jane fand John Cartwright zu seiner alten Form zurück. Er war entschlossen, seinen kleinen Kurs anständig zu schulen. Deshalb wollte er ihnen vorführen, wie sie einen Lachs fingen. Nachdem sie alle ihre Ausrüstung bei sich hatten, ging er auf einem geschlängelten Pfad neben dem Fluss her voraus, und das in recht zügigem Tempo. Alice merkte, wie ihr Schweiß übers Gesicht rann, als sie hinter ihm her stolperte. Das Ufer hin zum gurgelnden und schäumenden Anstey fiel steil ab. Immer wieder trennten sie silberne Birken, Erlen und Haselnusssträucher von dem Fluss, bis sie um eine nächste Biegung kamen und der Fluss wieder zu sehen war. Das Wasser stürzte förmlich in Richtung Tal und Meer, während sich rechts von ihnen ein dichter Wald den Berg hinaufzog.

Marvin Roth legte seiner Frau einen Arm um die Schultern und stützte sie. »Eigentlich wollte ich dich nicht zu einem Überlebenstraining schleppen«, sagte er. Amy schüttelte seinen Arm ab und eilte mit langen, athletischen Schritten voran. Marvin zögerte, nahm seine Mütze ab und fuhr sich mit der Hand über den kahlen Schädel. Dann setzte er die Mütze wieder auf und stürmte ihr nach.

»Was ist heute Morgen mit dir, Miss Alice?«, erklang Jeremys Stimme hinter Alice. »Bekomme ich kein Lächeln?«

Denk dran, dass es zwecklos ist, ermahnte Alice sich streng. Laut sagte sie: »Mir fehlt die Energie für mehr, als hier mithalten zu wollen. Es ist so heiß. Ich hätte nicht gedacht, dass es in den Highlands so warm sein kann.«

»Manchmal ist es so«, sagte Jeremy und trat neben sie. Er trug ein blaues Baumwollhemd – so blau wie der Himmel über ihnen –, dessen oberste Knöpfe offen waren. Und er roch nach sauberer Wäsche, Aftershave und männlichem Schweiß. Das schwere Goldarmband seiner Uhr lag auf der neuen Sonnenbräune seines Arms, und Alices gute Vorsätze drohten zu schwinden.

»Was hältst du von dem kleinen Trick des Majors?«, fragte Jeremy. »Der passt nicht so ganz zum Verhalten eines Offiziers und Gentlemans, wie Lady Jane erwähnte.«

»Ich kann das gut nachvollziehen«, sagte Alice. »Es muss sehr verführerisch gewesen sein, da ein bisschen zu schwindeln. Bedenkt man, wie die Leute dauernd über Autos und Pferde reden und … Boote. Ich nehme an, dass gerade Gentlemen öfter mal lügen, wenn es um Sport geht.«

Sie warf Jeremy einen recht strengen Blick zu, und er spürte, wie sie sich von ihm entfernte.

»Hast du nicht selbst gelogen?«, provozierte er sie. »Unsere Klatschtante hat behauptet, dass du deinen Fisch nicht allein gefangen hättest.«

Wieder einmal kamen Alice die Tränen. »Du bist furchtbar! Wie kannst du mir so etwas unterstellen?«

»Hey, ganz ruhig.« Jeremy legte die Hand auf ihren Arm. »Es besteht kein Grund, gleich in die Luft zu gehen.«

»Ich weiß selbst nicht, was mit mir los ist«, schniefte Alice und wischte sich mit dem Handrücken über die Wangen. »Ich glaube, es ist diese Jane. Immerzu zischt sie irgendwelche Gemeinheiten.«

Jeremy ergriff ihre Hand und nahm sie in seine. »Weißt du was? Ich glaube, dass wir sie nicht mehr wiedersehen werden. Ja, ich habe das Gefühl, dass sie den Wink verstanden hat und abgereist ist. Keiner hat solch ein dickes Fell, und sicher hat sie längst begriffen, dass niemand von uns sie leiden kann.«

Er drückte ihre Hand. Prompt wurden Alices Lebensgeister wieder wach, und ihr Entschluss, Jeremy aufzugeben, entschwand in den Sommerhimmel. Nachdem sie ungefähr eine Meile weit aufgestiegen waren und Amy Roth laut und deutlich angekündigt hatte, ihr würde es für heute reichen, blieb John endlich stehen. »Hier unten ist der Keeper's Pool«, rief er. »Und seien Sie bitte sehr still.« Das dichte Unterholz wich einem Seitenbecken des Flusses, an dem ein Felsvorsprung über das Wasser ragte. In dem Becken selbst brodelte und fauchte es wie in einem Hexenkessel.

Es war eine Freude, John die Angel auswerfen zu sehen. Er vollführte einen Rollwurf über das Becken, bei dem die Fliege sanft auf der Oberfläche landete. Schlagartig packte John das Angelfieber, und er vergaß seinen Kurs. Plötzlich blitzten silberne Schuppen auf, und ein Lachs sprang in die Höhe. Alice klatschte vor Aufregung in die Hände, was ihr ein »Pst!« von sämtlichen Umstehenden eintrug.

Alle blickten gebannt auf ihren Lehrer. Dann, als John erneut warf, rutschte Charlie aus und fiel beinahe ins Becken. »Vorsicht!«, rief Heather und hielt ihn am Arm zurück. John drehte sich zu dem Jungen um, wobei er seine Schnur ins Wasser baumeln ließ.

Sobald er sich vergewissert hatte, dass mit Charlie alles in Ordnung war, wandte er sich wieder seiner Angel zu. Er zog an der Rute, und sie begann sich zu biegen. »Sie haben einen«, hauchte der Major.

»Ich weiß nicht … Ich glaube, das ist ein Stein«, murmelte John. Er veränderte den Zugwinkel und versuchte, seine Schnur einzuholen. Etwas Schweres hing am anderen Ende, das sich wand und drehte.

Sein Herz schlug schneller. Natürlich könnte es auch, sofern es kein Stein war, ein versunkener Ast sein, den die Strömungswirbel bewegten. Er ging wieder zurück zum steinigen Ufer, wo die Gruppe stand. Unter dem Felsvorsprung war das Wasser klar und still, ein kleiner Ruhepol abseits der brodelnden Wirbel.

Hier holte er seine Schnur weiter ein, und seine Euphorie verblasste, als er das Ding an seinem Haken ins ruhigere Wasser zog. Ein Ast, dachte er.

Dann jedoch begann die sonst so gelassene und unerschütterliche Daphne Gore wie verrückt zu schreien. Ihre schrillen, angsterfüllten Schreie zerrissen die Idylle des Waldes mit seinem Vogelgezwitscher und gurgelndem Wasser.

Alice, die direkt am Rand des Vorsprungs stand, blickte hinab zum goldenen Wasser zu ihren Füßen. Und Lady Jane starrte sie an.

Langsam tauchten die aufgedunsenen, entstellten Züge von Lady Jane Winters an die Oberfläche. Die Zunge hing ihr aus dem Mund, und die blauen, unnatürlich vorstehenden Augen schienen zu den Gesichtern über ihr zu blicken.

»Sie muss sich den Kopf gestoßen haben und ins Wasser gefallen sein«, flüsterte Alice und klammerte sich an Jeremy.

John watete ins Wasser und hob die Tote hoch, bevor er sie mit einem gewaltigen Platschen wieder fallen ließ. Kreidebleich drehte er sich zu Heather um. »Hol Macbeth«, sagte er. »Hol die Polizei.«

»Ist sie nicht nur gestürzt?«, fragte Heather, die genauso kalkweiß war wie ihr Mann.

John stupste Lady Janes dicken Hals an. »Da ist ein Vorfach um ihren Hals gewickelt. Sie wurde erdrosselt. Und sieh mal hier.« Er zeigte auf Lady Janes Beine.

»Oh Gott«, sagte Alice. »Da sind Ketten!«

»Sie könnte es selbst gemacht haben«, sagte Amy Roth. »Marvin, hilf mir. Mir wird schlecht.«

»Hol die Polizei, verdammt!«, rief John. »Und bring das Kind hier weg. Die anderen bleiben, wo sie sind.«

»Wenn es Mord ist, bleiben wir lieber alle hier«, sagte Marvin und hielt Amy fest in den Armen.

»Seien Sie nicht albern«, sagte Heather. »Es muss jemand Kräftiges sein, um eine Frau wie Lady Jane zu überwältigen und mit einer Angelschnur zu erdrosseln. Komm mit, Charlie. Ich bringe dich zu deiner Tante, und dann hole ich Constable Macbeth.«

»Das wird sicher eine Menge bringen«, sagte Daphne und fing an zu kichern.

»Kann sie bitte jemand zum Schweigen bringen?«, flehte Amy.

»Reißen Sie sich zusammen, Daphne«, befahl John Cartwright scharf.

»Ruhe bewahren, alle Mann«, sagte der Major.

Daphne hockte sich hin, zog ein goldenes Zigarettenetui hervor und wollte eine Zigarette herausnehmen. Ihre Hände zitterten allerdings so sehr, dass alle Zigaretten auf den Felsen fielen. Jeremy bückte sich, um ihr zu helfen. Dabei begegneten sich ihre Blicke, und sie sahen einander lange an.

»Gehen Sie alle nach oben und warten Sie dort«, wies John die anderen an. »Ich bleibe bei der Toten.«

Alice, Jeremy, Daphne, der Major sowie Marvin und Amy Roth stapften dicht zusammengedrängt den Weg hinauf, bis sie zu einer kleinen Lichtung gelangten. Dort setzten sie sich schweigend ins Gras. Major Peter Frame nahm eine Schachtel Zigaretten aus seiner Tasche und reichte sie herum.

Marvin sprach als Erster. »Ich habe gleich gewusst, dass die Frau eine Spielverderberin ist«, sagte er finster. »Tot ist sie noch schlimmer als lebendig. Natürlich wurde sie ermordet.«

»Tja, von uns war es keiner«, stellte Alice fest. Sie bemühte sich, sicher zu klingen, aber ihre Stimme kippelte, und sie musste sich über die Arme reiben, weil sie eine Gänsehaut bekam.

»Ja, sie war die Sorte Frau, die *jeder* hätte umbringen können, schätze ich«, sagte Amy Roth zittrig. »War sie reich? Vielleicht ist ihr ein Angehöriger hierher gefolgt und hat sie umgebracht.«

»Bei Gott, ja, ich glaube, Sie haben recht«, stimmte der Major ihr sofort zu. »Ich meine, *de mortuis* und so weiter, aber sie war eine abstoßende, unangenehme Frau. Man bedenke nur, wie sie jeden von uns angegangen ist. Da ist nur naheliegend, dass sie es mit anderen seit Jahren genauso gemacht hat.«

»Ich vermute, der Urlaub ist vorbei«, sagte Daphne, die schon wieder ganz die Alte war. »Oder was wird jetzt mit uns?«

»Die Sache wird man Macbeth nicht überlassen, nicht einen Mord«, mutmaßte Jeremy. »Die schicken garantiert einen Ranghöheren hierher. Ich schätze, sie werden unsere Aussagen aufnehmen wollen, sich unsere Adressen geben lassen und uns dann nach Hause schicken.«

»Das ist so unfair«, beschwerte sich Daphne. »Ich fing endlich an, den Dreh rauszubekommen, und ich war ganz sicher, dass ich heute mal etwas fangen würde.«

Alle sahen Daphne zustimmend an. Sie einte nicht nur die Tragödie des Mordes, sondern auch eine uralte Obsession: die Verlockung zu töten.

»Na, ich habe für diese Woche bezahlt, und ich habe fest vor, auch auf meine Kosten zu kommen«, sagte der Major. »Sonst müssen die mir mein Geld zurückgeben. Sobald dieser Hornochse von Dorfpolizist unsere Aussagen aufgenommen hat, werde ich für den Rest des Tages angeln, und wenn

John Cartwright der Lage nicht gewachsen ist, dürfen Sie mich gerne begleiten. Ich denke, dass auch ich Ihnen das eine oder andere zeigen kann, wenn Sie wollen.«

»Ich komme auf jeden Fall mit Ihnen«, meldete sich Jeremy sofort, und die anderen nickten. Der Major mochte gelogen haben, was seinen gewaltigen Lachsfang betraf, aber er war zweifellos ein erfahrener Angler. Seine Schnur verfing sich nie im Gestrüpp, und er machte seine eigenen grellbunten Fliegen, von denen mehrere an seinem Hut steckten.

»Ich hatte selbst schon daran gedacht, sie umzubringen«, sagte Alice plötzlich. »Jetzt bin ich *froh*, dass sie tot ist, und fühle mich zugleich furchtbar. Es ist, als hätte ich mir ihren Tod *gewünscht*.«

Alle schwiegen entsetzt.

»Nun«, sagte Jeremy unsicher, »wir können ebenso gut ehrlich sein. Ich glaube, dass es uns allen so ging.«

»Mir nicht«, widersprach Amy Roth. Die Haut rund um ihre Augenwinkel war angespannt, was ihr beinahe etwas Asiatisches verlieh. »Wir Blanchards sind ziemlich hart im Nehmen.«

»Was Sie nicht sagen«, konterte Daphne scharf. »Erzählen Sie uns mehr von den alten Plantagen und den netten Sklaven. Erzählen Sie irgendwas, aber reden Sie nicht über den Mord.«

»Nicht, wenn Sie unverschämt werden«, sagte Amy. Sie lehnte sich an die Schulter ihres Mannes und tastete nach seiner Hand.

»Es war nicht unverschämt gemeint. Ich würde wirklich gerne mehr darüber hören, weil ich nur so eine *Vom Winde verweht*-Vorstellung von den Südstaaten habe, mit Reifröcken und Mint Juleps.«

Amy lachte. »Ob Sie es glauben oder nicht, ein bisschen so war es wirklich! Selbstverständlich veränderte sich alles, als ich noch ein Kind war. Pa war ein Spieler in klassischer Südstaatentradition. Lassen Sie mich mal überlegen. Das Blanchard-Herrenhaus war ein riesiger Kasten, ganz so, wie man sie in Filmen sieht. Mit Säulen vorne und einer breiten Veranda, die um das Haus herumging. Grüne Fensterläden, kühle Zimmer, in denen es nach Bienenwachs und Lavendel roch. Und überall Blumen«, sagte Amy, deren Südstaatenakzent mit jedem Satz stärker wurde. Gewöhnlich sprach sie mit einem leichten Boston-Akzent. »Und Antiquitäten! Ich kann Ihnen sagen, da gab es mehr Chippendale und Ähnliches, als man auf einem Ihrer englischen Landsitze findet. Die Sachen wurden über *Jahre* hinweg importiert.«

»Hören Sie!« Der Major legte eine Hand an sein Ohr und lauschte demonstrativ. Überhaupt waren die meisten seiner Gesten recht bildhaft.

Heather war angekommen, gefolgt von Constable Macbeth. Der Polizist trug seine übliche schwarze Uniform, die an vielen Stellen schon blankgewetzt war. Er nahm seine Mütze ab, woraufhin sein rotes Haar in der Sonne leuchtete wie Feuer. Bei ihm traf zu, dass das wahre Highland-Rot manchmal fast schon lilafarben gesträhnt wirkte.

»Ich gehe dann mal nach unten und sehe mir die Leiche an«, sagte er seelenruhig. »Heute Nachmittag kommen Detectives aus Strathbane, und ich muss dafür sorgen, dass nichts angerührt wird. Wenn Sie bitte hier warten. Ich komme gleich wieder und nehme Ihre Aussagen auf.«

Nun warteten sie alle stumm. Jedem von ihnen wurde ein wenig mulmig. War der Mord eben noch fast unwirklich erschienen, holte sie nun die Realität in Gestalt des Dorf-Constables wieder ein, der sich unten am Wasser über die Leiche beugte.

Ein kleiner, hibbeliger Mann kam auf die Lichtung gelaufen und blickte sich um. »Dr. MacArthur«, sagte Heather.

»Ich bringe Sie nach unten. Mr. Macbeth ist jetzt bei der Leiche.«

»Der Staatsanwalt von Strathbane ist unterwegs hierher«, sagte der Arzt. »Aber ich kann ruhig schon eine vorläufige Untersuchung vornehmen. Macbeth spricht von Mord. Na, der Mann schwafelt ja gerne viel. Sie könnte sich auch selbst in ihrer Schnur verfangen haben und in das Becken gestürzt sein.«

»Wo sie sich dann Ketten um die Beine gebunden hat, damit sie untergeht?«, fragte Marvin Roth trocken.

»Äh, was? Ich sehe mir das lieber an.«

Er verschwand mit Heather.

Wieder wartete die Gruppe.

»Ich habe Hunger«, sagte Alice schließlich. »Ich weiß, dass das unpassend ist, aber es ist so. Wäre es sehr schlimm, wenn wir zu den Wagen gehen und dort etwas essen?«

»Warten wir lieber noch«, antwortete der Major. »Lange kann es ja nicht mehr dauern.«

Doch es schien sich ewig hinzuziehen. Sie hörten Leute kommen und gehen, während die Sonne hoch am Himmel stand und Fliegen über der stillen grünen Lichtung tanzten.

Endlich erschien Hamish Macbeth, der verschwitzt und grimmig wirkte.

»Wir fahren zurück zum Hotel«, verkündete er. »Ich sperre diesen Weg ab, bis die hohen Tiere da sind. Die Fischereiaufseher haben versprochen, dass sie alles bewachen werden.«

Noch einen Moment zuvor hatten die Kursteilnehmer das Gefühl gehabt, dass sie alles geben würden, um sich von der Stelle bewegen zu dürfen. Nun überkam sie ein seltsamer Widerwille bei dem Gedanken daran. Da war die eine überwältigende Einsicht, der sich jeder von ihnen über kurz oder lang stellen musste, und den Moment hätten sie gern noch ein wenig aufgeschoben.

Etwas später versammelten sie sich im Hotelfoyer. Constable Macbeth musterte sie ernst.

»Der Manager stellt mir ein winziges Zimmer hinter der Rezeption zur Verfügung, dort werde ich Sie einzeln befragen. Sie zuerst, Mr. Cartwright.«

»Ich komme mit«, sagte Heather rasch.

»Das ist nicht nötig«, erwiderte der Constable ruhig. »Hier entlang, Mr. Cartwright.«

Heather setzte sich unglücklich hin. Sie sah aus wie eine Mutter, die ihren Jüngsten zum ersten Mal ins Internat schickt.

John folgte Hamish Macbeth in einen kleinen dunklen Raum mit einem zerkratzten Holztisch, einigen alten Aktenschränken und zwei harten Stühlen. Hamish setzte sich an den Tisch, und John nahm ihm gegenüber Platz.

»Also«, sagte der Polizist, während er einen großen Notizblock aus seiner Jacke zog. »Fangen wir an. Der Arzt schätzt, dass Lady Jane die ganze Nacht im Wasser lag. Wann haben Sie sie zuletzt gesehen?«

»Beim Dinner gestern Abend«, antwortete John. »Wir haben den Fang des Majors gefeiert.«

»Wohl eher seinen Fund«, murmelte Hamish. »Und trug sie da dieselbe Kleidung, in der sie tot aufgefunden wurde?«

»Ja. Ich meine, nein. Nein, gestern Abend hatte sie einen geblümten Hosenanzug und schicke Sandalen an. Im Gegensatz dazu schien sie ihre übliche Angelkleidung zu tragen, als … als wir sie in dem Becken gesehen haben.«

Hamish notierte etwas und sah wieder auf. »Wussten Sie, was Lady Jane beruflich machte?«

»Beruflich?«, wiederholte John. »Ich wusste nicht, dass sie gearbeitet hat.«

»Tja, dazu kommen wir später. Ich frage mich, ob Ihre Frau gewusst haben könnte, was für einen Job Lady Jane hatte.«

Schweißperlen traten auf Johns Oberlippe, und er schwieg. Hamish wiederholte geduldig die Frage.

»Nein«, sagte John aufgebracht. »Hören Sie, Macbeth, was soll das hier? Sie kennen uns beide. Denken Sie etwa, einer von uns hat sie umgebracht?«

»Das zu behaupten kommt mir nicht zu«, antwortete Hamish. »Aber ich werde den Täter nicht finden, wenn ich nicht anfange, diejenigen auszuschließen, die es nicht waren. Also, was haben Sie gestern am späten Abend gemacht?«

»Wie spät?«

»Laut den Hotelmitarbeitern wurde sie zuletzt gesehen, als sie um halb elf auf ihr Zimmer ging.«

»Ich bin zu Bett gegangen«, sagte John. »Und Heather auch. Wir hatten einen ziemlich anstrengenden Tag.«

»Schien irgendjemand in der Gruppe einen Hass auf Lady Jane zu haben?«

»Nein, wir haben sie alle geliebt«, sagte John bissig. »Guter Gott, Mann, benutzen Sie Ihren Verstand! Keiner mochte sie, nicht mal Sie haben das!«

»Hm. Lady Jane hatte die schreckliche Angewohnheit, unangenehme Bemerkungen zu machen. Hat sie irgendwas zu Ihnen gesagt?«

»Nichts Besonderes. Es war nur ihr allgemeines Gemecker.«

»Ah, gut, das reicht fürs Erste. Wenn Sie mir dann bitte Mrs. Cartwright hereinschicken.«

Als John ins Foyer kam, sagte Alice mit einem nervösen Kichern: »Überlegt doch mal. Einer von uns könnte sie ermordet haben. Ich meine, es ist doch logisch …«

Nun war es draußen, ausgesprochen; jener Gedanke, den sie alle so entschlossen verdrängt hatten, seit Lady Janes Leiche gefunden worden war.

»Er will dich sehen«, sagte John zu Heather. Als er ihr die Tür aufhielt, ergänzte er leise: »Ich habe ihm gesagt, dass wir nicht wussten, was sie gemacht hat.«

Die Tür zum Foyer ging auf, und eine kleine, unsicher wirkende Frau in einem weiten, himmelblauen Kleid eilte herein. Sie zog Charlie hinter sich her. »Ich bin Mrs. Baxter, Tina Baxter«, sagte sie und schaute sich mit großen, leicht vorgewölbten Augen um. »Ich bin heute erst angekommen. Mein armer Junge!« Sie wollte Charlie umarmen, doch der schrak vor dieser öffentlichen Demonstration mütterlicher Zuneigung zurück.

»Sie sollten den Jungen von hier fernhalten«, sagte John. »Es war nicht nötig, ihn mitzubringen.«

»Leider doch!«, entgegnete Tina Baxter. »Mir wurde gesagt, dass die Polizei den gesamten Kurs befragen will, und keiner jagt meinem kleinen Jungen mit einem Haufen Fragen Angst ein.«

Des Weiteren erzählte sie der verdutzten Gruppe von ihrer Scheidung und den Schwierigkeiten, einen Jungen allein großzuziehen, und dass Charlie ihr geschrieben hatte, diese Lady Jane wäre eine grausame, böse Frau gewesen. Ihre Worte überschlugen sich in einem zunehmend schnelleren Redefluss.

Dann verstummte sie plötzlich und starrte mit offenem Mund zur Tür. Hamishs hohe Tiere aus Strathbane waren eingetroffen.

Ein großer, kräftiger Mann in einem grauen Zweireiher stellte sich als Detective Chief Inspector Blair vor. Er wurde von zwei weiteren Detectives flankiert, Jimmy Anderson und Harry MacNab. Jimmy Anderson war dünn und drahtig mit misstrauisch dreinblickenden blauen Augen, und MacNab war klein und untersetzt, hatte dichtes schwarzes Haar und feucht glänzende dunkle Augen.

»Wer von Ihnen leitet diese Angelschule?«, fragte Mr. Blair. Er hatte einen starken Glasgow-Akzent.

»Das bin ich«, sagte John. »Constable Macbeth spricht gerade mit meiner Frau.«

»Wo?«

»Dort drinnen«, antwortete John. »Ich bringe Sie hin.«

»Nicht nötig«, sagte Blair.

Hamish stand auf, als die drei Männer in das kleine Büro traten. Heather floh dankbar.

»Macbeth, richtig?«, fragte Blair und setzte sich auf den Stuhl, den Hamish eben freigemacht hatte. »Wir haben hier einen richtig üblen Fall vorliegen. Nicht ganz Ihre Liga, Constable. Meine Jungs und die Spurensicherung suchen das Gelände ab. Nicht schlecht, dass Sie die Fischereiaufseher als Wachen eingespannt haben.«

Er lächelte Hamish zu und wartete auf ein Zeichen des Dankes für das Kompliment. Stattdessen sah Hamish ihn vollkommen ungerührt an, und Blair runzelte verärgert die Stirn.

»Tja, na, ich nehme an, die wissen alle, dass sie hierbleiben müssen, bis ich mich überzeugt habe, dass es keiner aus dem Kurs war. Angelschule, also ehrlich! So viel Geld und solch ein Aufstand, um einen Fisch zu fangen!«

»Ich denke, es wäre besser, wenn ich den Leuten sage, dass sie vorerst in Lochdubh bleiben sollen«, sagte Hamish. »Sie können ja nicht hellsehen.«

»Dann tun Sie das«, erwiderte Blair verschnupft. »Ehe ich die anderen hereinbitte, habe ich noch eine Frage. Was könnte Ihrer Meinung nach das Motiv für diesen Mord gewesen sein?«

»Ich glaube, dass es mit Lady Janes Job zu tun hatte.«

»Job? Welcher Job?«

»Lady Jane Winters war in Wahrheit Jane Maxwell, Kolumnistin beim Londoner *Evening Star*.«

»Dem Revolverblatt? Gut, aber was ist so schlimm daran, Kolumnistin zu sein?«

»Wie ich es verstanden habe, war sie darauf spezialisiert, mit kleinen Gruppen von Briten zu verreisen. Vorher fand sie über jeden von ihnen etwas Unangenehmes heraus, da sie gerne bewies, dass jeder eine Leiche im Keller hat. Es gab schon Beschwerden beim Presserat, aber ihre Kolumne ist zu beliebt. Die Leute verschlingen sie regelrecht und denken, ihnen könnte das nie passieren. Vielleicht kannten sogar einige in dieser Gruppe ihre Texte, obwohl streng geheim gehalten wurde, dass sie Jane Maxwell war.«

»Und wie haben Sie es herausbekommen, wenn es so geheim war?«, fragte Blair, der den schlaksigen Dorf-Constable unverhohlen musterte.

»Ich habe meine Methoden, Watson«, antwortete Hamish grinsend.

»Von einem Highlander lasse ich mir keine Frechheiten bieten«, knurrte Blair. »Wie sind Sie dahintergekommen?«

»Ich habe einen Verwandten, der in der Fleet Street arbeitet.«

»Und wer von diesen Anglern wusste, dass sie Jane Maxwell war?«

»Kann ich nicht sagen. Ich wollte es eben herausfinden, als Sie ankamen. Ich habe mit John Cartwright gesprochen, und Sie unterbrachen mich, als ich mit Mrs. Heather Cartwright reden wollte.«

»Ehe ich mir den Rest vornehme, sollte ich mich um eine Unterkunft für mich und meine Männer kümmern. Ich selbst bleibe hier im Hotel, aber für unsereins ist das ein bisschen zu teuer. Wir haben fünf Officers, die gegenwärtig mit dem Team der Forensik das Unterholz durchkämmen. Ich habe Ihre Polizeistation gesehen. Nicht schlecht, muss ich sagen. Haben Sie da zufällig noch ein oder zwei Betten frei?«

»Bedaure, kein Platz. Das eine Schlafzimmer ist meines, und in dem anderen stehen keine Betten, sondern die Gartengeräte, das Hühnerfutter und die Düngersäcke …«

»Schon gut, ersparen Sie mir die Einzelheiten.« Blair sah Hamish streng an, doch der lächelte nur.

Einfältig, dachte Blair. Aber so musste man wohl sein, wenn man jahrein, jahraus hier lebte.

Er legte seine fleischigen Hände auf den Schreibtisch und bedachte Hamish mit einem freundlicheren Blick. »Ich denke, dass Sie ein wenig zu unerfahren für diese Art von Verbrechen sind. Wir werden Ihr Büro nutzen, denn ich werde einen Teufel tun und die Hotelpreise fürs Telefonieren bezahlen. Ich muss schon hart genug um meine Spesen kämpfen. Bleiben Sie einfach bei Ihren üblichen Runden, und überlassen Sie uns die Ermittlungen. Wir sind alle erfahrene Männer.«

Hamish beäugte den Detective Chief Inspector ausdruckslos. Vor Minuten erst hatte er überlegt, wie er sich aus diesem Fall herausziehen könnte. Er mochte den Chief Detective und dessen Kumpane nicht, und er wollte gewiss nicht brav hinter ihnen hertrotten. Jetzt jedoch, da ihm gesagt wurde, er solle die Finger von der Sache lassen, überkam ihn ein brennendes Verlangen, Lady Janes Mörder zu überführen.

»Dann gehe ich mal«, sagte Hamish. Blair sah ihm nach und schüttelte traurig den Kopf. »Armer Kerl«, sagte er. »Der hatte noch nie im Leben richtig was zu tun und drückt sich vermutlich auch davor, wie alle Leute aus den Highlands. Schicken Sie mir das amerikanische Paar rein, MacNab. Typische Touristen. Bringen wir die als Erstes hinter uns.«

Hamish schlenderte am Hafen entlang und blickte verträumt hinaus auf die Bucht. Die frühabendliche Sonne verlieh allem einen Goldschimmer. Ein paar Robben drehten sich träge im Wasser und sorgten für goldene Wellen, die an die weißen Rümpfe der Jachten und die grünen und schwarzen der Fischkutter schwappten.

Die schmale, elegante Priscilla Halburton-Smythe kam auf Hamish zu, und eine Mischung aus Schüchternheit und Sehnsucht veranlasste ihn, stehen zu bleiben und die Ellbogen auf eine bemooste Steinmauer oben am Strand zu lehnen.

Priscilla stellte sich neben ihn. »Was habe ich da gehört?«, fragte sie. »Am Berghang wimmelt es von Polizisten, die Sachen in Plastiktüten stecken.«

»Lady Jane Winters ist ermordet worden.«

»Ja, das wurde mir auch erzählt. Eine fiese dicke Frau, oder?«

»Könnte man sagen.«

»Und wer war es, Holmes?«

»Weiß ich nicht. Doch von den Detectives aus Strathbane wurde mir mehr oder weniger gesagt, dass ich nach Hause gehen und meine Hühner füttern soll.«

»Tja, das freut Sie sicher. Ich meine, Sie waren ja noch nie besonders auf die Arbeit versessen.«

»Woher wollen Sie das wissen, Miss Halburton-Smythe? Es ist schließlich nicht so, als hätte ich täglich einen Mordfall aufzuklären.«

»Sie müssen aber zugeben, dass Sie, wenn Daddy mit Ihnen über Wilderei oder Ähnliches reden will, nie da sind, wo Sie sein sollten. Ich habe ihm übrigens gesagt, er soll Sie damit nicht mehr belästigen, weil Sie selbst wildern.«

»Das ist aber nicht nett.«

»War nur ein Scherz. Wollen Sie wirklich den Mörder

finden? Brauchen Sie einen Watson? Ich könnte hinter Ihnen herlaufen und sagen: ›Bei Gott, Sie sind ein Genie! Wie sind Sie nur darauf gekommen?‹«

»Ach, ich werde wohl eher tun, was man mir sagt, und mich raushalten«, entgegnete Hamish gleichmütig.

»Komisch, ich hätte gedacht, dass Sie es ganz dringend selbst herausfinden wollen. Neugier ist immerhin eine weitverbreitete Eigenschaft in den Highlands.« Priscilla klang enttäuscht.

»Ach, tja …«, begann Hamish, dann wurde sein Blick auf einmal schärfer. Mrs. Baxter und Charlie verließen das Hotel.

»Wollen Sie denen Fragen stellen?«, fragte Priscilla, die seinem Blick folgte. »Darf ich zuhören?«

»Nein, nein. Der kleine Junge hat nur eine sehr interessante Briefmarke, und die würde ich mir gerne noch mal ansehen.«

»Hamish Macbeth, ich geb's auf!«

Er grinste sie an. »Ich wusste gar nicht, dass Sie je ein Auge auf mich geworfen hatten, Miss Halburton-Smythe.«

Er schob seine Mütze ein Stück hoch, stopfte die Hände in die Taschen und schritt auf die Baxters zu.

Höchst verärgert sah Priscilla ihm nach.

Fünfter Tag

Leicht ist es, zu Perfektion zu raten,
die praktische Umsetzung zumeist jedoch nicht.

MAXWELL KNIGHT, *BIRD GARDENING*

Alice zog sich hastig an, obwohl es erst sieben Uhr morgens war. Sie wollte aus dem Hotel verschwunden sein, bevor die Presse es wieder belagerte. Die Reporter waren nach und nach eingetroffen und hatten bis zum späten Abend schon eine ganze Armee gebildet: ein Heer aufdringlich Fragender. Und Alice bekam ihre strafbare Jugendsünde nicht aus dem Kopf. Wenn Lady Jane von dieser erfahren hatte, konnten diese Menschen es auch. Normalerweise wäre Alice begeistert gewesen, ihr Bild in den Zeitungen zu sehen. Doch ihre finstere Vergangenheit plagte sie. Jeremy war gestern Abend besonders nett zu ihr gewesen, aber sicher würde er sie nicht einmal mehr ansehen, sollte er von der Geschichte hören. Der Major hatte sich lautstark beim Hotelmanager über die Presse beschwert, und der hatte den Reportern schließlich Hausverbot erteilt. Der Manager war selbst alles andere als erfreut über die Aufmerksamkeit der Medien, die das Hotel wegen des Mordes erfuhr. Nur hatte er gehofft, zum Ausgleich für die Unannehmlichkeiten zumindest reichlich

Umsatz in der Bar zu machen. Doch außer dem Major hatten sich noch andere Gäste beschwert, die jedes Jahr herkamen, und so waren die Reporter und Fotografen nun woanders im Dorf untergekommen. Die meisten hatten sich in einer Pension am anderen Ende der Bucht eingemietet.

Alice wollte eben das Zimmer verlassen, als ihr Telefon klingelte. Für einen Moment starrte sie es entgeistert an, dann lief sie hin und nahm ab. Die aufgeregte Stimme ihrer Mutter erklang. »Was hat das alles zu bedeuten, Schatz? Dein Name steht in der Morgenzeitung. Du hast uns nicht mal erzählt, dass du dahin wolltest. Wir machen uns solche Sorgen.«

»Ist schon gut, Mum«, sagte Alice. »Die Sache hat nichts mit mir zu tun.«

»Das weiß ich, Schatz, aber diese Frau, die ermordet wurde und deren Foto in der Zeitung ist, die war letzte Woche hier und hat Fragen gestellt. Sie hat gesagt, dass sie etwas über junge Mädchen schreibt, die nach London gezogen sind, und über deren Gründe.«

Sie muss die Adressen von Heather gehabt haben, dachte Alice mit einem sehr mulmigen Gefühl. Heather hatte ihnen allen die Namen der anderen Gäste geschickt, wohl damit sie sich nicht so fremd miteinander fühlten.

Alices Stimme wurde schrill vor Angst. »Hat sie herausgefunden, dass ich vor Gericht gestanden habe?«

»Du warst nie vor Gericht, Schatz.«

»Doch, weißt du nicht mehr? Das war, als ich Mr. Jenkins' Fenster kaputtgemacht habe. Er brachte mich vor den Jugendrichter.«

»Ach, *das*! Danach hat sie mich nicht gefragt, und ich glaube nicht, dass sich sonst noch jemand an diese alberne Geschichte erinnert. Allerdings hat sie mit Maggie Harrison geredet.«

Alice hielt den Hörer fest umklammert. Maggie Harrison war jahrelang ihre Erzfeindin gewesen. Falls Maggie sich an irgendetwas Übles im Zusammenhang mit Alice erinnerte, hatte sie es ganz sicher erzählt.

»Bist du noch da?«, fragte ihre Mutter quäkend. »Ich bin in einer Telefonzelle und habe kein Kleingeld mehr. Kannst du mich zurückrufen?«

»Nein, Mum, ich muss los. Mir geht es gut.«

»Pass auf dich auf, ja? Mir gefällt es nicht, dass du mit solchen Leuten verkehrst.«

Dann war die Leitung tot.

Langsam legte Alice den Hörer auf und wischte sich die verschwitzte Hand an ihrem Pullover ab. Jetzt konnte Lady Jane jedenfalls nichts mehr schreiben.

Alice drehte sich um und lief aus dem Zimmer. Draußen fiel ein dichter Nieselregen.

Sie blickte sich um, ob irgendwo ein Reporter lauerte, der sich auf sie stürzen würde, doch alles schien verlassen. Trotzdem zögerte Alice. Vielleicht wäre sie besser im Hotel geblieben. Die Presse durfte dort nicht hinein, also warum sollte Alice hinausgehen? Doch ihre Furcht, dass jemand – allen voran Jeremy – ihr Geheimnis erfuhr, trieb sie weiter.

Aus den Cottages roch es angenehm nach Holzrauch, Teer, Räucherfisch, Bacon und starkem Tee. Alice näherte sich Constable Macbeths Haus und sah, dass er in seinem Garten stand und die Hühner fütterte. Als er ihre Schritte hörte, drehte er sich zu ihr um, und Alice lächelte verhalten.

»Haben Sie Ihr Verhör überstanden?«, fragte der Polizist.

»So schlimm war es nicht«, antwortete Alice. »Ich wusste wirklich nicht, dass diese schreckliche Frau eine Zeitungskolumnistin war, und ich denke, das hat man mir geglaubt.«

»Ich wollte mir gerade einen Tee machen. Möchten Sie auch eine Tasse?«

»Ja«, sagte Alice dankbar und fand, dass Constable Macbeth eigentlich gar nicht wie ein Polizist aussah. Er trug einen alten Army-Pullover und eine ausgeblichene Jeans, doch keine Mütze. Der Chief Detective hatte ziemlich deutlich gemacht, dass dieser Constable nichts mit der Ermittlung zu tun haben würde. Mr. Macbeth musste ihn irgendwie verärgert haben, denn er hatte es in einem sehr unfreundlichen Ton gesagt, wie sich Alice erinnerte. Blair hatte sie gefragt, ob ihr etwas Ungewöhnliches aufgefallen war oder ob sie etwas gehört hatte, was sich auf den Mord bezogen haben könnte, worauf Alice den Kopf geschüttelt und gesagt hatte, falls ihr noch etwas einfiele, würde sie es Constable Macbeth sagen. Da hatte Blair ihr mürrisch mitgeteilt, dass der Dorfpolizist nichts mit der Ermittlung zu schaffen hätte.

Alice folgte Hamish in seine Küche, die lang und schmal war. Vor dem Fenster stand ein kleiner Tisch.

Neugierig blickte Alice sich in der Küche um. Der Raum war auf eine saubere Art unordentlich, und überall lagen Stapel von Zeitschriften, Porzellan, kleine Gartenwerkzeuge, viktorianische Puppen und stapelweise Marmeladengläser herum.

»Ich bin ein Sammler«, sagte Mr. Macbeth. »Dauernd rede ich mir ein, irgendwas davon zu einem guten Preis verkaufen zu können, wenn ich es nur lange genug aufbewahre. Es fällt mir entsetzlich schwer, Sachen wegzuwerfen. Milch und Zucker?«

»Ja, gern«, sagte Alice. Er gab ihr eine Tasse, setzte sich neben sie an den Tisch und schaufelte sich fünf Löffel Zucker in seinen Tee.

»Sehe ich wie eine Mörderin aus?«, fragte Alice unsicher.

»Ich denke, Mörder können wie jedermann aussehen«, antwortete der Polizist gelassen. »Also, diese Lady Jane hat sich offenbar eine Menge Arbeit gemacht, um etwas über die Leute im Angelkurs zu erfahren. Woher wusste sie, wer daran teilnehmen würde?«

»Ach, das ist einfach. Heather hat uns allen eine Liste mit den Namen und Adressen geschickt. Auf diese Weise sollten wir sehen können, wer in unserer Nähe wohnt, um eventuell Fahrgemeinschaften zu bilden. So kam es, dass Jeremy mit Daphne anreiste. Er kannte sie vorher gar nicht.« Alice wurde sehr rot.

»Ja, und von mir und meiner Familie muss sie erfahren haben, als sie hier war«, sagte Hamish. »Dazu brauchte sie bloß einige Leute im Dorf zu fragen. In den Highlands kann man nichts geheim halten.«

»Wäre sie doch nur nie hierhergekommen.« Alice seufzte unglücklich. »Sie hat mein Leben ruiniert.«

»Ach ja? Wie das?«

Es regnete inzwischen stärker, und in der unordentlichen Küche war es friedlich und warm. Alice wollte sich dringend alles von der Seele reden.

»Wenn sich ein junger Mann für ein Mädchen interessiert«, begann sie, ohne ihn anzusehen, »glauben Sie, dass er sich von dem Mädchen abwenden würde, wenn er herausfindet, dass sie als Jugendliche etwas getan hat … nun, das gegen das Gesetz verstößt?«

»Kommt auf den jungen Mann an. Falls Sie von Mr. Jeremy Blythe reden …«

»Sie haben es bemerkt! Er ist ziemlich nett zu mir.« Alice nahm ihre Mütze ab und warf ihr dichtes Haar auf eine Weise zurück, von der sie glaubte, sie würde zu einer Femme fatale passen.

»Das kommt auf die Tat an«, sagte Hamish. »Wenn man seine Mutter vergiftet hat oder …«

»Nein, doch nicht so etwas!«, unterbrach ihn Alice. »Hören Sie, als ich so alt war wie Charlie, habe ich einen Stein durch Mr. Jenkins' Fenster geworfen. Es war eine Mutprobe. Mr. Jenkins war ein gemeiner alter Mann, der in unserer Straße wohnte. Die anderen Mädchen hatten mich dazu angestachelt. Jedenfalls hat er mich angezeigt. Ich bekam nur eine Verwarnung, meine Mutter musste das Fenster bezahlen, und in der Lokalzeitung standen ein paar Zeilen darüber. Ich meine, es war eigentlich eine Dummheit, aber würde sie einen Mann wie Jeremy stören? Er ist nämlich schrecklich ehrgeizig und ... und ... und, nun ja, er will für die Parlamentswahl kandidieren, und ... und ... oh, wissen Sie, jetzt, da ich es Ihnen erzähle, wird mir klar, dass ich mich ohne Grund sorge. Doch ich hätte es ihm erzählen müssen. Ja, das mache ich, bevor es jemand anders tut. Er wird sich kaputtlachen!«

»Wenn es so unwichtig ist«, sagte Hamish und schenkte sich Tee nach, »dann würde ich meinen, dass es keinen Grund gibt, es irgendjemandem zu erzählen. Meiner Meinung nach ist Mr. Blythe ein Snob, der sich nur für Sie interessiert, Miss Wilson, weil er hier gerade diesen Urlaub macht ...«

Alice sprang auf. »*Sie* sind der Snob! Und auch noch unverschämt. Ich werde es Ihnen beweisen. Ich erzähle es Jeremy, und wenn ich erst Mrs. Blythe bin, können Sie sich Ihre Worte an den Hut stecken.«

»Wie Sie wollen.« Hamish zuckte mit den Schultern. Alice stürmte aus dem Haus und knallte die Küchentür hinter sich zu. Hamish verfluchte sich, weil er so ungeschickt gewesen war. Alice erinnerte ihn an Ann Grant, ein junges Mädchen, das in Lochdubh aufwuchs und nur passabel hübsch war. Vor zwei Sommern war sie häufiger mit einem der Feriengäste gesehen worden, überall mit ihm in seinem Wagen herumgefahren und hatte von der prächtigen Hochzeit erzählt, die sie haben würde. Aber der Feriengast war abgereist, und eine Weile lang sah man Ann unglücklich und mit geröteten Augen. Dann packte sie plötzlich ihre Sachen und reiste zu einer Verwandten nach Glasgow. Es wurde getratscht, dass sie eine Abtreibung hinter sich hätte und nun auf den Strich ginge. Aber Hamish hatte von *seinen* Verwandten gehört, dass sie als Sekretärin in einem Büro in Glasgow arbeitete und Lochdubh und ihre Familie nie wieder sehen wolle. Wäre ihre Familie nicht so gewöhnlich, behauptete sie, hätte ihr Verehrer sie bestimmt geheiratet.

Standesdünkel ist etwas Furchtbares, dachte Hamish. Er konnte junge Frauen fast umbringen. Doch würden sie deswegen morden? Er nahm sich vor, über diese Frage nachzudenken.

Alice rannte den ganzen Weg zum Hotel und hinauf zu Jeremys Zimmer. Sie hämmerte an die Tür, bis eine gedämpfte Stimme rief: »Es ist offen. Ich bin im Bad!«

Sie öffnete die Tür. Vielleicht hatte sie der Mord ein wenig verwirrt, oder Alice lebte schon zu lange in ihrer Fantasiewelt. Jedenfalls rechtfertigte sie ihren nächsten Schritt damit, dass sie heiraten wollten oder zumindest würden, wenn sie für eine gewisse Intimität sorgte. Sie ging ins Bad und setzte sich auf den Wannenrand.

»Hallo Liebling«, sagte sie.

Eilig hielt Jeremy sich einen großen Schwamm anstelle eines Feigenblatts vor den Schritt und fragte unsicher, ohne sie anzusehen: »Bist du betrunken? Ich weiß ja, dass wir alle wegen der Mordgeschichte erschüttert sind, aber …«

Alice landete mit einem jähen Rums in der Realität. »Ich warte im Zimmer auf dich«, hauchte sie. »Ich muss dir etwas erzählen.«

Nervös hockte sie auf dem Bett am Fenster, spielte mit

der Vorhangkordel und wünschte, sie wäre weniger dreist gewesen.

Jeremy kam mit einem um die Hüfte geschlungenen Handtuch aus dem Bad und rubbelte sich mit einem anderen Tuch das Haar trocken.

Alice wandte den Blick ab und knetete ein Taschentuch in ihren Händen.

»Jetzt siehst du wieder mehr wie du selbst aus«, sagte Jeremy. »Einen Moment lang dachte ich, du willst über mich herfallen.«

»Mach dich nicht lustig über mich«, sagte Alice. Sähe er doch nur nicht so amüsiert aus! Was war, wenn Macbeth doch recht hatte?

Aber wenn sie erst verheiratet waren, könnte die Angelegenheit herauskommen, also erzählte sie es ihm lieber jetzt. Und das tat Alice. Sie stürzte sich in ihre Geschichte und erzählte sie von Anfang bis Ende.

Beim Reden fühlte sie sich wieder in den muffigen Gerichtssaal an jenem heißen Sommertag zurückversetzt. Draußen schmolz der Asphalt, und drinnen weinte Alices Mutter vor Scham. Alice selbst war übel gewesen.

Als sie fertig war, blickte sie ängstlich zu Jeremy auf. Er sah sie sehr ernst an. Tatsächlich fragte Jeremy sich, ob er sein kleines schmutziges Geheimnis mit ihr teilen sollte, während er bemerkte, wie sich Alices mädchenhafte Bluse über den kleinen, hohen Brüsten spannte. Gott, es war ewig her, seit … Dann war da diese Angst und Sorge wegen des Mordes. Ja, er wusste, warum Alice sich gefürchtet hatte, dass Lady Jane über den kindlichen Unfug hätte schreiben können. War er nicht selbst durch die Hölle gegangen, um die Frau zum Schweigen zu bringen? Er schaute zur Uhr. Halb neun. Zu früh für einen Drink, aber nicht zu früh für ein anderes Beruhigungsmittel.

Er setzte sich neben Alice aufs Bett und zog sie an seinen noch feuchten Körper. »Es macht dir nichts aus?«, flüsterte Alice.

»Natürlich nicht«, sagte er und strich ihr übers Haar. Sie roch nach Angstschweiß, scharf und säuerlich, vermischt mit Lavendelpuder. Jeremy legte die Hand auf eine ihrer kleinen Brüste und streichelte sie.

Alice erschauerte. Sie war keine Jungfrau mehr. Ihre Unschuld hatte sie aus Neugier und leicht beschwipst zwei Jahre zuvor auf der Rückbank eines Autos an einen Mann verloren, dessen Namen sie nicht mehr wusste. Es war eine ziemlich schmerzhafte und beschämende Erfahrung gewesen, aber er war auch ein schwerer, vulgärer Mann gewesen.

Die Frauenbewegung hatte noch einen weiten Weg vor sich, ehe sie Mädchen wie Alice erreichen würde. Als sich Jeremys Lippen den ihren näherten, dachte sie nur: »Wenn ich mit ihm schlafe, muss er mich heiraten.«

Als sie dann ausgestreckt auf dem Bett lagen, dicht aneinandergepresst, und er Alice auszog, hatte sie den idiotischen Wunsch, Jeremy würde irgendein Statussymbol tragen, seine goldene Uhr zum Beispiel. Und nachdem das allzu kurze Vorspiel vorbei war, und Alice von dem keuchenden schweren Mann in die Matratze gedrückt wurde, schien ihr die Sache genauso schmerzhaft und erniedrigend wie auf dem Autorücksitz. Sie wollte nur noch, dass er sich beeilte und es vorbei wäre. Da war allerdings diese schaurige Tyrannei des Orgasmus. Was war das noch gleich? Er wartete offensichtlich, dass etwas mit ihr passierte. Alice hatte von Frauen gelesen, die vor Ekstase schrien, aber wenn sie das tun würde, kämen womöglich Leute hereingestürmt, weil sie dachten, dass es noch einen Mord gab.

Jeremys Schweigen war von Grunzen akzentuiert, keinen Worten der Liebe. Endlich, als Alice schon glaubte, es nicht mehr länger auszuhalten, sackte er auf ihr zusammen. Auf ihr erleichtertes Seufzen hin küsste Jeremy ihr Ohr und sagte: »Für dich war es auch gut.« Er hielt ihr Seufzen für einen Laut der Befriedigung.

»Ich liebe dich, Jeremy«, flüsterte Alice und schlang die Arme um ihn. Was sie tatsächlich umarmte, war die Vorstellung von einem Sportwagen, teuren Kleidern, einem guten Akzent und einem Sitz im Parlament.

»Ach ja?« Er stützte sich auf einen Ellbogen. »Das ist nett.« Er küsste ihre Nasenspitze, dann gab er ihr einen Klaps auf den Hintern. »Ziehen wir uns lieber an. Mann, habe ich einen Hunger!«

Alice raffte ihre Sachen zusammen und huschte ins Bad. Nachdem sie geduscht und sich angezogen hatte, fühlte sie sich besser. Liebe am Morgen. Wie raffiniert. Und wie köstlich dekadent.

Sie trug gerade ihren Lippenstift auf, als Jeremy durch die Tür rief: »Wir sehen uns im Speisesaal. Mach nicht zu lange.«

Alices Hand zuckte nervös, sodass sie sich Lippenstift auf die Wange schmierte. Sie rieb ihn mit einem Papiertuch weg und lief hinaus, um Jeremy noch zu erwischen, aber er war bereits weg.

Auf dem Korridor luden zwei Hausmädchen schmutzige Laken in einen Wäschewagen und beäugten Alice neugierig. »Guten Morgen«, sagte sie und starrte die beiden streng an. Sie sollten es ja nicht wagen, ihre bösen Gedanken auszusprechen!

Die Anglergruppe saß an einem großen Tisch weit hinten im Saal. Anscheinend hatte das Hotelmanagement beschlossen, sie von den übrigen Gästen zu isolieren. Die Roths waren dort und Daphne, der Major und Jeremy. Charlie sollte bei seiner Tante frühstücken. Aber wo waren die Cartwrights?

»Weiß ich nicht«, sagte Daphne schulterzuckend. »Ich finde, sie könnten sich gefälligst blicken lassen und uns unser Geld zurückerstatten. Reich mir bitte die Marmelade, lieber Jeremy.«

Alice runzelte die Stirn. Es war an der Zeit, ihre Besitzansprüche deutlich zu machen. Sie glitt auf den Stuhl neben Jeremy, ergriff seine Hand unter dem Tisch, drückte sie und lächelte ihn vertrauensvoll an.

»Ich brauche beide Hände zum Essen, Alice«, sagte er verärgert. Alice zog ihre Hand weg, und Daphne kicherte.

Heather und John Cartwright saßen in Hamishs vollgestopfter Küche, aßen Brötchen mit Bacon und tranken Tee. Sie hatten gesagt, dass sie »zufällig vorbeigekommen« seien.

Es war Heathers Idee gewesen, mit Hamish zu reden. Hamish war ein guter Zuhörer, und er war ja das Gesetz, auch wenn man ihn kaum als dessen starken Arm bezeichnen konnte. Dennoch könnte er wissen, wie die Ermittlungen vorangingen.

»Ich hoffe, die Angelegenheit ruiniert nicht meine Angelschule«, sagte John finster.

»Das glaube ich nicht«, entgegnete Hamish, der den Bacon in der Pfanne wendete. »Vorausgesetzt natürlich, dass der Mörder gefunden wird. Dann könnte der Fall sogar eine gute Werbung sein.«

»Ich war schockiert, als Blair mir erzählte, dass sie in Wahrheit diese furchtbare Kolumnistin war.«

Hamish stand sehr still am Herd und hatte den beiden den Rücken zugekehrt. »Und Sie haben vorher wirklich nichts davon gewusst?«, fragte er.

Für einen kurzen Moment schwiegen beide, dann antwortete John: »Selbstverständlich nicht. Sonst hätten wir sie niemals als Teilnehmerin angenommen.«

»Ja, aber wussten Sie es, nachdem sie hier eingetroffen war?«

Wieder Stille. Hamish drehte sich mit der Pfanne in der Hand um.

»Nein, wussten wir nicht«, sagte Heather energisch.

Vorsichtig hob Hamish den Bacon aus der Pfanne und legte ihn auf einen Teller. Er stellte das Gas aus, griff nach seiner Teetasse neben dem Herd und kam zu Heather und John an den Tisch.

»Zufällig weiß ich, dass Sie einen Brief aus Österreich erhalten haben. Den müssen Sie in der Hoffnung aus dem Fenster geworfen haben, dass er in der Bucht landet. Aber es war Ebbe, und Charlie hob ihn auf, weil ihm die Briefmarke auffiel. Gewöhnlich lese ich keine fremde Post, doch wenn es um Mord geht, nun, da kenne ich keine großen Skrupel. Der Brief stammte von einem österreichischen Paar, mit dem Sie befreundet sind, und das Paar betrieb ein Skihotel – bis Lady Jane dort Urlaub machte.«

»Sie haben kein Recht, private Post zu lesen!«, rief John.

Hamish sah ihn vollkommen ruhig an.

Heather legte eine Hand auf Johns Arm. »Es ist sinnlos«, sagte sie erschöpft. »Wir wussten es. Und wir hatten Angst. Diese Schule ist unser Leben. Wir haben jahrelang hart gearbeitet, um sie aufzubauen. Und wir dachten, dass diese Frau uns alles wegnimmt.«

»Bei dem österreichischen Paar stellte sich heraus, dass die beiden mit jeweils anderen Partnern verheiratet waren, nicht miteinander«, wandte Hamish ein. »Sie schrieben, dass die Publicity durch Lady Jane ihnen nur schaden konnte, weil sich Mr. Bergen, der Besitzer des Hotels, seit Jahren vor den Unterhaltszahlungen gedrückt hatte. In solch einer Lage sind

Sie beide doch sicher nicht. Als Sie von der wahren Identität Ihrer Kursteilnehmerin erfuhren, wäre es da nicht besser gewesen, Sie hätten den anderen offen und in ihrer Anwesenheit mitgeteilt, womit die Dame ihren Lebensunterhalt verdiente?«

»Darauf bin ich gar nicht gekommen«, sagte John unglücklich. »Und ich sollte Ihnen wohl besser sagen, dass ich Jane an dem Abend sah, als sie ermordet wurde. Ich bin nach dem Essen zu ihr gegangen, auf ihr Zimmer.«

»Und?«

»Und sie hat mich bloß ausgelacht. Sie sagte, dass das Fliegenfischen in diesen Gewässern dasselbe sei wie Moorhuhnschießen oder die Treibjagd – ein Sport für die Reichen. Sie wollte beweisen, dass Leute, die solche Urlaube buchten, ausnahmslos Emporkömmlinge seien, die es verdienten, mal zurechtgestutzt zu werden.«

»Du meine Güte«, sagte Hamish und rührte seinen Tee um. »War sie eine Kommunistin?«

»Ich glaube nicht, dass sie der Kommunistischen Partei angehörte, falls Sie das meinen«, antwortete John. »Anscheinend wollte sie die Leute einfach gerne zappeln sehen. Sie war wie eine Erpresserin, die ihre Macht genießt. Offenbar war sie gegen alles und jeden.«

»Hat sie gesagt, dass sie die Angelschule ruinieren wollte?«

»Nicht direkt. Aber das hatte sie wohl vor.«

»Was genau hat sie gesagt?«

»Ich habe ihr gesagt, dass ich viel Arbeit in den Aufbau dieser Schule gesteckt habe, und sie angefleht, die Kurse nicht in Verruf zu bringen. Sie lachte mich aus und warf mich aus dem Zimmer. Ich sagte … ich sagte …«

»Ja?«, fragte Hamish behutsam.

»Erzähl es ihm lieber«, sagte Heather.

»Ich habe ihr gesagt, dass ich sie umbringen würde«, flüsterte John. »Ich habe es regelrecht geschrien. Das muss ich wohl Blair erzählen, denn ich glaube, dass Jeremy mich gehört hat.«

»Mr. Blythe? Warum soll er es gehört haben? Liegt sein Zimmer neben ihrem?«

»Nein, er war auf dem Korridor, als ich ging.«

»Was machen wir jetzt, Mr. Macbeth?«, fragte Heather.

»Ich denke, Sie sollten es tatsächlich Mr. Blair erzählen. Wenn es eines gibt, was einen Detective wie Blair misstrauisch macht – und auch jeden anderen Ermittler –, so ist es die Erkenntnis, dass jemand etwas verschweigt. In Ihrer beider Vergangenheit gibt es also nichts Furchtbares, das Lady Jane enthüllen wollte?«

Beide verneinten stumm.

»Und abgesehen von der kurzen Zeit, die Mr. Cartwright bei Lady Jane war, waren Sie beide die ganze Nacht zusammen?«

»Warum fragen Sie?« Heather wurde sehr blass.

»Ich frage, weil jeder Polizist mit ein bisschen schmutziger Fantasie denken könnte, dass einer von Ihnen sich davongeschlichen und sie umgebracht hat, wenn nicht gar Sie beide zusammen.«

»Wir gehen jetzt lieber«, sagte Heather. »Sagen wir Mr. Blair, dass wir mit dem Kurs oben am Marag angeln werden. Das ist nicht weit, und auf diese Weise können wir weitermachen, als wäre nichts gewesen.«

Nachdem sie gegangen waren, begab Hamish sich mit seinem Tee nach vorn ins Büro, wo er Stimmen gehört hatte.

»Sollten Sie nicht in Uniform sein?«, brummelte Blair, der hinter Hamishs Schreibtisch saß, seine zwei Detectives neben sich.

»Gleich«, sagte Hamish gelassen.

»Und ich sagte Ihnen, dass Sie sich aus dem Fall raushalten sollen. Das waren aber doch die Cartwrights, die ich eben gehen sah.«

»Ja.«

»Und was haben die Ihnen erzählt?«

»Nur, dass sie etwas wussten, was sie Ihnen nicht erzählt haben, und nun finden, dass sie es doch tun sollten. Und dass sie mit dem Kurs hoch zum Marag gehen. Das ist ganz in der Nähe, falls Sie mit einem der Teilnehmer reden wollen.«

»Verflixt und zugenäht, ist denen nicht klar, dass dies hier eine Mordermittlung ist?«

»Haben Sie Spuren gefunden?«, fragte Hamish.

»Nur eine. Wäre das Wetter wie heute gewesen, hätten wir mehr entdeckt. Aber die Erde war größtenteils ausgehärtet. Im Bericht der Staatsanwaltschaft steht, dass das Opfer woanders erdrosselt und dann durchs Unterholz zum Becken geschleppt und hineingeworfen wurde.«

»Und was ist die Spur?«

»Nur ein Stück von einem Foto«, sagte MacNab, ehe Blair ihn bremsen konnte. »Ein Fetzen, der aus der oberen Ecke eines Bilds gerissen wurde. Sehen Sie.«

Mit einer Pinzette hielt er Hamish ein Stück von einem Schwarzweißbild entgegen. Hamish nahm die Pinzette.

Zu sehen war ein Frauenkopf, allerdings nur der obere Teil. Dass es sich um einen weiblichen Kopf handelte, wusste Hamish lediglich aufgrund der Tatsache, dass ein blitzender Haarschmuck zu erkennen war, der wie der obere Rand eines Diadems aussah. Hinter dem Kopf war ein Poster mit der Aufschrift BUY BRIT… zu sehen.

»Das könnte *Buy British* heißen«, sagte Hamish, »was bedeutet, dass es in den Sechzigern aufgenommen wurde, als der damalige Premier Wilson für britische Produkte warb. Damit würden die jüngeren Teilnehmer des Angelkurses ausscheiden.«

»Hört euch den großen Detective an!«, höhnte Blair. »Darauf waren wir auch schon nach zwei Sekunden gekommen. Warum ziehen Sie nicht los und finden heraus, ob sich jemand am Opferstock in einer der Kirchen vergriffen hat? Völlig absurd, in solch einem winzigen Dorf so viele Kirchen zu haben.«

Hamish wandte sich zum Gehen. »Und ziehen Sie Ihre Uniform an!«, rief Blair ihm nach.

»Also«, sagte er dann und blätterte durch einen Stapel Aussagen. »Hiernach sind alle unschuldig. Und doch muss einer von ihnen solche Angst gehabt haben, dass Lady Jane etwas über ihn schreiben könnte, dass er sie ermordet hat. Haken Sie noch mal bei allen Leuten nach, die wir gestern angerufen haben, und machen Sie Dampf. Das betrifft auch den Hintergrund der Roths. Seht mal nach, ob ein Fax vom FBI gekommen ist. Findet heraus, ob die beiden irgendwann Ärger mit der Polizei hatten, obwohl ich glaube, dass wir hier noch tiefer graben müssen.«

Hamish wechselte in seine Uniform und musste angesichts seines Spiegelbilds zugeben, dass Hamish Macbeth ein sehr wütender Mann war. Ja, er konnte sich nicht entsinnen, jemals zuvor in seinem unbeschwerten Leben derart wütend gewesen zu sein. Für ihn stand fest, dass er sich weiter mit den Teilnehmern des Angelkurses unterhalten würde. So lange, bis sich jemand verriet. Auf keinen Fall ließ er sich davon schrecken, dass es sich um eine Mordermittlung handelte. In der Hinsicht war es mit allen Kriminellen dasselbe, ob sie nun in der Schule klauten oder in den Bergen wilderten. Man redete, stellte Fragen, hörte zu, beobachtete und wartete. Zum Teufel mit Blair. Hamish würde hinauf zum Marag gehen und ergründen, was Jeremy vor Lady Janes Zimmer zu suchen hatte. Während er durch die Hintertür hinausging, kam die Presse durch die Vordertür herein. Wenigstens blieben Lochdubh die Schlagzeilen bis zum nächsten Morgen erspart. Die Zeitungen kamen hier immer erst mit einem Tag Verspätung an.

Bei einem Wald-und-Wiesen-Mord wäre die Presse nicht länger als ein oder zwei Tage geblieben. Aber diese Ermordete hatte einen Titel getragen, und der Tatort befand sich weit weg von den Zeitungsredaktionen, sodass die Reporter reichlich Spesen abrechnen konnten. Entsprechend würden alle versuchen, ihren Aufenthalt möglichst in die Länge zu ziehen. Natürlich war Lady Jane überdies eine von ihnen gewesen, gewissermaßen, und Hamish hatte von seinem Cousin in der Fleet Street schon vor längerer Zeit erfahren, dass die Presse in dieser Beziehung anders war als die Polizei: Sie waren notorisch desinteressiert an allem, was jemandem aus ihren Kreisen widerfuhr, es sei denn, es bot Futter für Klatsch und Tratsch.

Es war ein warmer, schwüler Tag, und nachdem der Regen aufgehört hatte, lag ein dichter Dunst über allem, und die Mücken schwirrten in Scharen umher. Hamish zog einen Anti-Mücken-Stift aus seiner Uniformtasche und rieb sich Gesicht und Hals damit ein.

Oben am Marag waren die Angelschüler eifrig bei der Sache, sahen allerdings aus wie einem alten Army-Film entsprungen, denn jeder von ihnen hatte sich ein Moskitonetz vors Gesicht gezogen.

Hamish musterte die anonymen Gestalten und erkannte Heather und John eher an ihrer Wurftechnik als an ihrem Aussehen und Charlie an seiner Körpergröße und daran, dass seine Mutter auf einem Felsen in der Nähe hockte, die Mücken wegwedelte und ihren Sohn mit Argusaugen beobachtete. Rechnete sie damit, dass er jeden Moment ins Gefängnis gebracht werden könnte? Hamish ging zu ihr.

»Das ist doch lächerlich«, platzte sie heraus, sobald sie

Hamish sah. »Das Wetter ist entsetzlich, und der ganze Kurs sollte abgebrochen und nach Hause geschickt werden.«

»Die Teilnehmer kommen mir recht glücklich vor«, erwiderte Hamish.

»Ich verstehe das nicht«, jammerte Mrs. Baxter. »Diese Cartwrights schlagen vor, dass alle weitermachen, als wäre nichts gewesen, und sofort springen alle los, obwohl sie kurz vorher noch ihr Geld zurückverlangt hatten. Ich habe Charlie gesagt, dass er auf der Stelle mit mir nach Hause kommen soll, aber hört er auf mich? Nein, genauso wenig wie sein Vater.« Zwei große Tränen des Selbstmitleids bildeten sich in Mrs. Baxters Augenwinkeln, und sie tupfte sie erbost mit einem Taschentuch ab. »Ich wusste, dass ich Charlie niemals hätte herreisen lassen sollen. In dem Moment, in dem ich seinen Brief bekam, bin ich in den Zug gestiegen.«

»Ach ja? Und wann sind Sie angekommen?«

»Das habe ich der Polizei schon gesagt. Ich kam kurz nach dem fürchterlichen Mord in Lochdubh an.«

»Und wie kommt es, dass Mrs. MacPherson unten in der Bäckerei Sie schon am Abend zuvor gesehen hat?«

»Das war ich nicht. Das muss jemand anders gewesen sein.«

»Blair wird die Busse und Züge überprüfen«, sagte Hamish. »Es ist immer besser, die Wahrheit zu sagen. Wenn Sie es nicht tun, könnte man glauben, dass Sie etwas zu verbergen haben. Haben Sie gewusst, dass Lady Jane von der Zeitung war?«

Mrs. Baxter saß stumm da und drehte das feuchte Taschentuch in ihren Fingern. Regen tropfte auf ihren Südwester. »Sie war bei uns in der Gegend und hat Fragen gestellt«, sagte sie schließlich leise. »Ich habe mich noch nie mit den Nachbarn verstanden, und ich weiß, dass die ihr alles über meine Scheidung erzählt haben. Aber was ist schon eine

Scheidung? Jedes Jahr lässt sich die Hälfte der Bevölkerung scheiden. Es gibt nichts, wofür ich mich schämen muss, und das habe ich ihr auch gesagt.«

»Sie haben es Lady Jane gesagt?«

»Na ja, ich habe sie angerufen, bevor ich in den Zug gestiegen bin«, erklärte Mrs. Baxter elend. »Und ich habe ihr gesagt, wenn sie irgendwas über meinen Charlie schreibt, dann …«

»Bringen Sie sie um?«

»Man sagt alle möglichen Sachen, wenn man wütend ist, ohne sie wirklich zu meinen«, sagte Mrs. Baxter trotzig. »Was für eine furchtbare Sache. Wissen Sie, dass dieser Detective MacNab gestern Abend bei uns war und Charlies Angelschnur sehen wollte?«

»Nein, das wusste ich nicht. Und ich bin entsetzt.«

»Das sollten Sie auch. Ein Kind zu verdächtigen!«

»Das schockt mich nicht so sehr wie die Tatsache, dass sie nicht schon viel früher die Vorfachschnüre von allen Kursteilnehmern überprüft haben. Fehlte eine?«

»Weiß ich doch nicht! Sie müssten das ja wohl wissen. Und sie haben auch Fingerabdrücke von allen genommen.«

Aus dem Augenwinkel bemerkte Hamish einen weißen Streifenwagen, der langsam um den See herumfuhr.

Schnell brachte er sich hinter einer Baumgruppe außer Sichtweite und nahm einen Trampelpfad zurück ins Dorf. Jeremy würde warten müssen. Hamish ging geradewegs zum Hotel und fragte den Manager, Mr. Johnson, wohin die Presse verschwunden war, die er oben beim Loch beim Fotografieren erwartet hatte.

»Es gab einen großen Mord in Jack-the-Ripper-Manier in London«, erzählte Mr. Johnson. »Und da sind die meisten wieder nach Hause. Jedenfalls die von den überregionalen Blättern. Dagegen ist das hier ja eine Kleinigkeit. Außerdem hat Blair den Privatweg zum Marag vom Fischereiaufseher sperren lassen. Er hasst die Presseleute. Klären Sie den Mord für uns auf, Mr. Macbeth?«

»Hm, kann sein.« Hamish grinste. »Könnte ich mich vielleicht mal kurz in Lady Janes Zimmer umsehen?«

»Das hat Blair verriegeln lassen. Es darf keiner rein. Anweisung der Polizei.«

»Ich bin die Polizei, also macht es nichts, wenn Sie mich reinlassen.«

»Nein, sicher nicht. Kommen Sie mit. Aber verändern Sie lieber nichts da oben. Ich habe das Gefühl, dass dieser Blair Sie nicht leiden kann.«

Hamish folgte dem Manager nach oben und durch den Korridor. »Die haben einen Plan für sämtliche Hotelzimmer verlangt«, sagte Mr. Johnson über seine Schulter. »Was sie sich davon versprechen, ist mir schleierhaft, denn es heißt, dass die Frau mitten in der Nacht oben am Berghang erdrosselt wurde, nicht weit von der Stelle, an der man sie ins Wasser geworfen hat. Sie haben ein Teil von einem Foto gefunden, und Blair hat von allen Fingerabdrücke genommen, bis hin zum letzten Zimmermädchen. Natürlich waren keine Fingerabdrücke auf dem Foto und auch nicht auf den Ketten, die um die Beine des Opfers gewickelt waren. Aber auf denen dürfte nach den Stunden im Wasser, in denen die Strömung die Frau hin und her gewirbelt hat, sowieso nichts mehr zu entdecken sein. Blair muss sich wohl bloß ordentlich aufplustern. Da wären wir.«

Er schloss die Tür auf. Lady Jane hatte in einer Suite mit hübschem Blick auf die Bucht gewohnt. »Ich lasse Sie dann mal allein«, sagte Mr. Johnson munter. »Offen gesagt kann ich diesen Mord nicht allzu tragisch finden. Wie sich herausstellt, ist er gut fürs Geschäft. Zum Mittag- und Abendessen sind wir für die nächsten Wochen komplett ausgebucht. Die

Menschen kommen bis aus Aberdeen. Aber diese Ölleute hatten ja schon immer mehr Geld als Verstand.«

Dann stand Hamish allein mitten im Schlafzimmer und blickte sich um. Sicher musste Blair schon auf die Idee gekommen sein, dass Lady Jane irgendwelche Notizen bei sich gehabt hatte. Ja, gewiss war er das. Fingerabdruckpuder lag wie grauer Schnee auf allen Oberflächen. Also würden sie nicht wiederkommen, um noch mehr Abdrücke zu sichern. Hamish machte sich auf die Suche. Die Suite bestand aus einer kleinen Diele mit einem Tisch und einem Stuhl, einem winzigen Wohnzimmer mit Sekretär, Fernseher und zwei Sesseln sowie einem Schlafzimmer mit angeschlossenem Bad.

Auf dem Sekretär stand eine Schreibmaschine, neben der ein Stapel Hotelbriefpapier lag. Hamish durchsuchte den Sekretär und die Schubladen gründlich. Da war kein einziges beschriebenes Blatt zu finden. Vielleicht hatte Blair schon alles mitgenommen, auf dem irgendetwas stand.

Als Nächstes nahm Hamish sich das Schlafzimmer vor. Er zog Schubladen mit Reizwäsche auf – Lady Jane hatte diesbezüglich einen recht verblüffenden Geschmack gehabt – und tastete darunter. Nichts. Falls sie eine Handtasche gehabt hatte, musste Blair diese ebenfalls mitgenommen haben. Zwei Koffer lagen auf dem Gestell am Fußende des Bettes. Verschlossen.

Hamish zog ein großes Schlüsselbund aus seiner Tasche und machte sich an die Arbeit. Derweil lauschte er aufmerksam, falls Blair ausgerechnet diesen Moment wählen sollte, um noch einmal die Suite abzusuchen. Mit ein wenig Nachhilfe sprang der erste Koffer auf. In ihm befanden sich ein Lavendelsäckchen, zwei Krimis, eine Schachtel mit aufheizbaren Lockenwicklern und ein Föhn. Keine Papiere. Der zweite Koffer war vollkommen leer.

Hamish sah unter dem Bett nach, unter der Matratze, in den Sesselritzen und sogar im Spülkasten im Bad und im Schrank dort, aber nirgends war auch nur ein Fitzelchen Papier zu entdecken.

Der Manager hatte den Zimmerschlüssel in der Tür stecken lassen. Hamish schloss wieder ab und deponierte den Schlüssel im Büro des Managers.

Dann beschloss er, zum Marag zurückzugehen und nachzusehen, ob die Luft rein war. Doch als er das Hotel verlassen wollte, hörte er Stimmen aus dem Befragungsraum und sah, dass Alice nervös im Foyer saß.

»Jeremy ist da drinnen«, sagte Alice. »Hört das denn nie auf? Ich soll als Nächste rein, und danach werden die anderen noch einmal einzeln befragt. Ich habe Jeremy von der Geschichte damals erzählt, und es macht ihm nichts aus. Also hatten Sie unrecht.«

»Ist das so?«, fragte Hamish und sah sie interessiert an.

Alice wandte das Gesicht ab, um den Polizisten nicht ansehen zu müssen. Jeremy war den ganzen Tag über ziemlich unhöflich zu ihr gewesen, um es milde auszudrücken.

Hamish ging und entschied, ein wenig mehr über den Hintergrund der anderen herauszufinden. In seiner Uniformjacke hatte er eine Liste der Namen und Adressen aller Kursteilnehmer. Vielleicht sollte er mit den Roths anfangen. Leider konnte er das Telefon in seinem Büro nicht benutzen, weil Blair dort seine Einsatzzentrale eingerichtet hatte, und auch wenn er gerade Jeremy befragte, waren sicher seine Leute dort.

Hamishs Wagen parkte vor seinem Haus. Kurzerhand fuhr er mit ihm hinauf zu den Halburton-Smythes. Es regnete nicht mehr, und ein leichter Wind war aufgekommen. Doch alles war nass und grau. Nebel verhüllte die Berge, und Schafe mit dicker, durchnässter Wolle huschten auf ihren dürren Beinen vor dem Wagen über die Straße wie aufgescheuchte, pelzige Schulmeisterinnen.

Hamish bog von der Hauptstraße auf die schmalere Straße ab, die durch weite Moorlandschaft zum Haus der Halburton-Smythes führte. Ihr Zuhause war eine Art Burg, erbaut von einem Bierbaron im letzten Jahrhundert, als die Highlands dank Queen Victoria in Mode kamen. Das Gebäude bestand aus Zinnen, Türmchen und Wehrgängen sowie einer Vielzahl von kleinen und kalten dunklen Zimmern.

Hamish schob die massive Tür mit den Messingbeschlägen auf und trat in eine dämmrige Halle, deren Boden mit großen Steinen ausgelegt war. Von dort ging er durch zum Büro, wo er Mr. Halburton-Smythes Sekretärin, Lucy Hanson, anzutreffen hoffte. Doch das Büro war verlassen, und das leuchtend rote Telefon auf dem polierten Mahagonischreibtisch schien geradezu zu betteln, dass Hamish es benutzte.

Er setzte sich neben den Schreibtisch, überlegte einen Moment und rief dann Rory Grant beim *Daily Telegraph* in der Fleet Street an. »Was bringt es mir, mit einem Bobby verwandt zu sein, wenn ich nicht mal die Exklusivstory zu einem saftigen Mord kriege? Ich hatte schon meine Tasche gepackt und wollte gen Norden fahren, als die Libyer beschlossen, eine Bombe bei Selfridges hochgehen zu lassen, und irgendein Möchtegern-Jack-the-Ripper anfing, leichte Mädchen in Brixton aufzuschlitzen, also stecke ich hier fest. Kein Mensch interessiert sich mehr für euren verdammten Mord, aber du hättest mir trotzdem mal einen Tipp geben können. Ich habe schon zigmal auf deinem Revier angerufen, aber da sagt mir dauernd irgendein Polizist, ich soll ihn gefälligst in Ruhe lassen.«

»Es wäre immer noch eine Nachricht wert, wenn ich den Mörder finde, Rory«, munterte Hamish ihn auf. »Du weißt doch von diesem Angelkurs. Die Namen der Teilnehmer standen in den Zeitungen. Sieh mal, ob du ein bisschen mehr über sie herausbekommen kannst. Ach, und wenn ich dich schon am Hörer habe: Wer kann mir sagen, ob jemand aus New York oder aus Augusta in Georgia schon mal in Schwierigkeiten war?«

»Du rufst das FBI an, ist doch klar, du Hinterwäldler!«

»Ich glaube, das hat Detective Chief Inspector Blair schon gemacht, und ich möchte niemandem auf den Schlips treten.«

»Dann ruf die Zeitungen an, aber da musst du warten, bis ich mir ein paar Namen von der Auslandsredaktion besorgt habe. Du bist die Pest, Hamish!«

Hamish wartete geduldig, bis Rory wieder ans Telefon kam.

Dann bedankte er sich, und nachdem er eine kleine Weile in die stille Burg gelauscht hatte, rief er in New York an. Er hatte Glück. Der Reporter, den Rory ihm empfohlen hatte, erklärte ihm gut gelaunt, dass es ein lahmer Tag sei, und fragte, ob er Hamish zurückrufen solle. »Nein, ich warte«, sagte Hamish, der sich freute, dass er dieses Gespräch nicht bezahlen musste.

Nach einiger Zeit meldete sich der Reporter wieder mit Informationen über Marvin Roth. »Alles Schnee von gestern«, sagte er. »Anscheinend hatte er um 1970 herum mal Ärger, weil er Ausbeuterfabriken im Garment District betrieb. Er beschäftigte illegale Einwanderer in seinen Schneidereien und zahlte denen Hungerlöhne. Das Ganze stank zum Himmel, denn es gab nie einen Prozess. Der hatte sich freigekauft. Er will in die Politik gehen und ist heute ein großes Tier in der Stadt – sammelt Spenden für wohltätige Zwecke und hat moderat linke Ansichten, ist gegen die Atombombe und für eine saubere Umwelt. Keiner wird in seiner Vergangenheit herumwühlen, denn der Kerl schlägt ziemlich fies zurück. Er kennt ja alles von Rang und Namen und ist ein Kumpel von meinem Chefredakteur, also sagen Sie ja keinem, woher Sie diese Informationen haben.«

»Heißt das, Sie dürfen die Fakten nicht drucken?«

»Genau.«

»Das ist sehr seltsam.« Hamish schüttelte den Kopf. »Ich war noch nie in New York. Wie ist das Wetter bei Ihnen?«

Sie plauderten noch fünf Minuten auf Mr. Halburton-Smythes Kosten, bevor Hamish das BUY BRIT von dem Foto wieder einfiel. Es schien *Buy British* zu heißen, doch vielleicht handelte es sich auch um eine amerikanische Werbung.

»Sagt mir nichts«, sagte der amerikanische Reporter. »Aber ich horche mich mal um.« Hamish gab ihm die Telefonnummer von Halburton-Smythe und sagte ihm, er könne alle Informationen an Priscilla geben.

Dann rief er in Augusta, Georgia, an. Dort hatte er weniger Glück. Der Reporter klang mürrisch und abgehetzt. Nein, aus dem Stand wusste er nichts über Amy Roth, geborene Blanchard. Ja, er würde zurückrufen, konnte aber nichts versprechen.

Seufzend legte Hamish den Hörer auf.

Er hörte schwere Schritte auf dem Flur und sprang auf. Colonel Halburton-Smythe kam herein. Er war ein großer, hagerer Choleriker in den späten Fünfzigern. Hamish staunte einmal mehr darüber, dass die bezaubernde Priscilla einen solch schrecklichen Vater hatte.

»Was machen Sie hier, Officer?«, knurrte der Colonel und sah misstrauisch zum Telefon.

»Ich warte auf Sie«, antwortete Hamish. »Miss Halburton-Smythe sagte mir, dass Sie immer noch Probleme mit Wilderern haben.«

»Ich komme gerade von Ihrer verdammten Polizeistation.

Ein fetter Kerl sagte mir, er sei mitten in einer Mordermittlung. Ich habe ihm erzählt, dass einem meiner Hirsche letzte Nacht ins Bein geschossen wurde, und der glotzt mich nur blöd an. Ihr seid doch nichts als nutzloses Pack! Was gedenken Sie zu tun?«

»Ich kümmere mich darum«, beschwichtigte Hamish ihn.

»Tun Sie das. Und wo Sie schon mal da sind, ich glaube, Sie waren mit meiner Tochter im örtlichen Flohkino. Das muss aufhören!«

»Es ist nicht gerade eine Lasterhöhle«, sagte Hamish. »Und ich würde sagen, dass Miss Halburton-Smythe alt genug ist, um selbst zu entscheiden, wohin sie geht.«

»Wenn ich Sie noch einmal erwische, wie Sie um meine Tochter herumscharwenzeln«, warnte ihn der Colonel, »melde ich es Ihrem Vorgesetzten.«

»Sie dürfen sich nicht so aufregen«, sagte Hamish. »Ich sehe schon lauter kleine Adern in Ihren Augen platzen. Bluthochdruck ist eine furchtbare Sache. Also, ich …«

»Raus hier!«

»Na schön.« Hamish schlenderte sehr langsam aus dem Büro.

Draußen in der Einfahrt konnte er jedoch nicht widerstehen, noch ein wenig herumzutrödeln und sich nach Priscilla umzusehen.

»Falls Sie darauf hoffen, hier meine Tochter zu treffen«, brüllte der Colonel ihm nach, »vergessen Sie es! Sie macht einen Ausflug mit John Harrington, Lord Harringtons Sohn. Und zu Ihrer Information: Sie wird sich bald mit ihm verloben.«

Hamish stellte verwundert fest, dass ihm angesichts dieser Nachricht tatsächlich das Herz schmerzte. Ohne etwas zu entgegnen, ging er zu seinem Wagen, stieg hinein und fuhr weg. Den Colonel würdigte er keines Blickes mehr.

Als er zu Hause ankam, erfuhr er, dass Blair und MacNab noch im Hotel bei den Befragungen waren. Der allzeit argwöhnisch dreinblickende Jimmy Anderson saß hinter dem Schreibtisch im Büro.

Hamish bemerkte eine Damenhandtasche auf dem Schreibtisch. »Ist die von Lady Jane?«, fragte er.

»Ja«, brummelte der Detective, ohne Hamish anzusehen.

»Und hatte sie da vielleicht ein Notizbuch oder irgendwelche Unterlagen drin?«

»Nein, hatte sie nicht«, antwortete Jimmy Anderson. »Kein verfluchter Zettel, keine Notizen. Nur ihr Geld, die Kreditkarten und ihr Scheckheft.«

»Und die Tasche war in ihrem Zimmer?«

»Ja, und Mr. Blair glaubt immer noch, dass jemand sie umgebracht hat, damit sie nichts in der Zeitung über ihn schrieb.«

»Und was haben Sie gegen die Leute in der Hand, nur rein interessehalber?« Hamish griff in eine Vase und angelte eine Flasche Scotch heraus. »Auch einen Schluck?«

»Sehr freundlich von Ihnen«, sagte Anderson und taute sichtlich auf. »Was ist schon dabei, wenn ich es Ihnen erzähle? Aber sagen Sie Blair nichts, klar? *Cheers.* Na gut. Wir warten auf Nachricht über die Roths. Blair ist auf einmal ganz auf die fixiert, trotz dieser *Buy British*-Geschichte. Er denkt, dass Roth Verbindungen zur Mafia haben könnte und Lady Jane dahintergekommen ist. Das wäre schlecht für seine Karriere gewesen.«

»Und ob es das wäre«, sagte Hamish und schenkte sich Whisky ein. »Selbst wenn das bisher noch keinem amerikanischen Politiker geschadet hat. Was ist mit Amy Roth?«

»Wir versuchen, auch etwas über sie herauszubekommen.«

»Aber Lady Jane kann keine Zeit gehabt haben, etwas

über die Roths zu finden. Ich meine, wenn es so schwierig ist.«

»Alle Teilnehmer hatten schon mindestens acht Monate im Voraus gebucht und bekamen schon damals die Liste. Und Lady Jane ist danach in den Staaten gewesen.«

»Auf jeden Fall hat sie sich ihr Geld hart erarbeitet«, sagte Hamish. »Noch einen Schluck zum Aufwärmen, Mr. Anderson?«

»Danke. Nennen Sie mich Jimmy. Was die anderen betrifft … Jeremy Blythe hat gleichfalls politische Ambitionen. Angeblich flog er aus Oxford, weil er eine Affäre mit der Frau eines Dozenten hatte, und nicht nur das. Während er die Affäre mit ihr hatte, fand er auch noch die Zeit, eine Bardame zu schwängern, und deren Mann hat ordentlich Krach am College geschlagen. Dann war er überall verschuldet, obwohl sein Daddy reich ist. Und studiert hat er eher nicht. Schließlich flog er und machte seinen Abschluss an der London University. Seither ist er anständig und zahlt bis heute Unterhalt für das Kind der Bardame. Darauf hat er sich außergerichtlich mit dem Ehemann geeinigt. Daddy kaufte ihm eine Partnerschaft in einer Kanzlei, und nebenher tönt er herum, der nächste konservative Parlamentskandidat zu werden. Auf einer Party im letzten Jahr sprach ihn ein alter Freund aus Oxford auf die Geschichte mit der Bardame an, und Jeremy schlug ihn zusammen. Die Polizei wurde gerufen, aber es gab keine Anzeige. Der Mann ist sehr aufbrausend.« Er trank einen Schluck.

»Alice Wilson warf einem Nachbarn einen Stein durchs Fenster, als sie noch minderjährig war, und landete dafür vor dem Jugendrichter«, fuhr er fort. »Das ist aber eine Lappalie. Daphne Gore kommt aus einer reichen Familie. Sie sorgte für einen Skandal, als sie mit einem spanischen Kellner durchbrannte, der, wie sich herausstellte, nie vorhatte, sie zu heiraten. Daphnes Eltern bezahlten ihn, damit er verschwand. Das Mädchen wurde depressiv und war für einige Monate in der Psychiatrie. Könnte immer noch ein bisschen irre sein.«

Er machte eine kurze Pause. »Heather und John Cartwright sind sehr verdächtig. Sie geben zu, gewusst zu haben, dass Lady Jane der Schule schaden wollte, und sie sind beide angelverrückt. Für sie ist das kein Sport, sondern eine Religion. Was Charlie Baxter angeht, kann man bei Kindern in dem Alter nie wissen. Trotzdem bin ich mir sicher, dass er aus dem Spiel ist. Die Mutter hingegen ist ein hysterischer Typ.«

»Und der Major?«, fragte Hamish. »Ihm hat Lady Jane übel mitgespielt, als sie ihn bloßstellte.«

»Oh, das stimmt. Wir haben gehört, wie er androhte, sie umzubringen. Aber da besteht kein Grund zur Sorge. Er ist ein guter alter Soldat. Blair mag ihn. Wir warten allerdings noch auf einen vollständigen Bericht.«

Draußen knirschten Reifen auf dem Kies. Hatte Hamish eben noch Anderson entspannt gegenübergesessen, war er nun auf einmal verschwunden – mitsamt der Whiskyflasche.

Kurz darauf wanderte Hamish am Flussufer entlang. Das fahle Sonnenlicht verwandelte sich in goldenen Dunst, und am Horizont erstreckte sich ein Streifen grünlich-blauen Himmels, vor dem eine weiße Jacht als tänzelnder Punkt zu sehen war, was bedeutete, dass außerhalb des Hafens der Wind auffrischte. Es war Ebbe, und ein großes Stück öligen Kiesstrands lag frei, übersät mit angeschwemmtem Treibgut.

Um das Bild von Priscilla in den Armen dieses Harringtons zu verdrängen, konzentrierte sich Hamish nach Kräften auf den Mord.

Dann sah er die Roths näher kommen. Ein komisches Paar, dachte er. Amy war eine große, weiche Frau, und Marvin überragte sie nur um ein kleines Stück. Obgleich Amy sich meistens ruhig und langsam bewegte, strahlte sie eine unterschwellige Rastlosigkeit aus. Sie trug einen Hosenanzug aus ausgeblichenem Jeansstoff und einen geknoteten Schal um den Hals. Marvin hatte in seinen üblichen schwarzen Geschäftsanzug gewechselt, und seine Glatze glänzte im gelblichen Licht.

»Wann ist das alles endlich vorbei?«, fragte Marvin, als das Paar bei Hamish war. »Amy ist es nicht gewohnt, so behandelt zu werden wie von Ihren Polizisten. Dieser Blair ist ein arroganter Idiot.«

»Ich bin es gewohnt, dass man mir wie einer Lady entgegentritt«, bestätigte Amy. »Und ich dachte, ihr Briten seid alle Gentlemen.«

»Wir sind nicht anders als andere auch«, sagte Hamish. »Fast wie Naschkram. Den gibt es auch in allen Formen, Farben und Größen, und manches davon ist schlicht ekelhaft.«

»Naschkram?«, fragte Amy verwirrt.

»Süßigkeiten«, übersetzte Marvin. »Wie dem auch sei, zu Hause ist Amy so etwas wie adlig, und dieser Blair würde mit eurer Königin ja wohl auch nicht so umspringen.«

»Tja, ich könnte mir gut vorstellen, dass er das durchaus tun würde«, sagte Hamish.

»Na, es ist ein Jammer, dass Amys Familie nicht mehr unter uns weilt, sonst hätte die ein paar Takte dazu gesagt.«

Hamish sah Amy an, während Marvin sprach, und bemerkte, wie sich die Haut um ihre Augenwinkel spannte und sie offenbar überlegte, wie sie das Thema wechseln könnte. Prompt kam Hamish der Gedanke, dass Amy hinsichtlich ihrer Herkunft gelogen haben könnte. Doch das taten viele Leute, ohne deshalb gleich einen Mord zu begehen, wenn es herauskam. Oder vielleicht doch?

»Warum verhaftet Blair nicht einfach den Major?«, fragte Amy. »Er ist der Einzige, der es auf Lady Jane abgesehen hatte. Sie haben doch von seinem Betrug mit den Lachsen gehört, nicht wahr?«

»Oh ja, das Gerücht ist zweimal durchs Dorf und zurück gewandert. In den Highlands ist es schwer, irgendetwas für sich zu behalten.«

Amy murmelte etwas wie: »Genau wie in Red Hook«, und Hamish fragte sich, ob es mit dem Angeln zu tun hatte.

»Ausgenommen Mord«, sagte Marvin. »Wir sind hier am Arsch der Welt. Ich mag das Landleben nicht und kann diese schnöseligen Hotelangestellten nicht ausstehen. Was ist eigentlich ein DEB?«

»Nichts, was auf Sie zuträfe, Mr. Roth. Es ist nur ein Ausdruck, den der Barkeeper gerne verwendet.«

»Ach, der!«, sagte Marvin voller Verachtung. »Der kann nicht mal einen trockenen Martini mixen. Ein Teil Gin und drei Teile lauwarmer französischer Wermut? Das darf ja wohl nicht wahr sein! Die Trottel in dieser Einöde kotzen mich an!«

»Schätzchen«, flehte Amy. »Was ist das für eine Ausdrucksweise?«

Hamishs rote Brauen waren vor Schreck unter seiner Mütze verschwunden.

»Verzeihung«, sagte Marvin zerknirscht. »Ich schätze, dass ich einfach Angst habe. Ich fühle mich hier gefangen. Tja, wenn wir diesen verfluchten Spaziergang noch machen wollen, sollten wir lieber los.«

»Haben Sie heute etwas gefangen?«, fragte Hamish.

»Jeremy und Heather haben jeder eine Forelle gefangen«, antwortete Marvin. »Aber diese Lachse sind partout nicht zu kriegen, wenn Sie mich fragen. Die springen bloß überall rum und halten sich fern von den Haken.«

»Ich könnte Ihnen eine meiner Fliegen leihen«, bot Hamish an. »Mit denen hatte ich schon häufiger Glück.«

»Prima. Wie wär's, wenn Sie heute zum Dinner zu uns stoßen und sie gleich mitbringen?«, fragte Marvin. »Jeder weiß, dass Sie nicht an dem Fall arbeiten, und wir gehen uns allmählich ein bisschen auf die Nerven. Immerhin war es wohl einer von uns, und so sitzen wir nun die ganze Zeit hier herum und fragen uns, wen es als Nächsten erwischen wird.«

Hamish nahm die Einladung an und ging weiter.

Als er sich dem Hotel näherte, sah er Jeremy aus der Richtung des Marags kommen, nach wie vor in seiner Angelkleidung.

»Ich habe einen!«, rief er Hamish entgegen und hielt eine recht große Forelle in die Höhe.

»Bringen wir den Fisch ins Hotel«, sagte Hamish, dem nicht entging, dass sich Reporter und Fotografen auf sie zubewegten.

Sie begaben sich zusammen in den kleinen Raum nach hinten raus, wo Jeremy seinen Fang auf die Waage legte und ihn ins Buch eintrug. »Ich habe gehört, dass Sie an dem Abend des Mordes auf dem Korridor vor Lady Janes Zimmer gesehen wurden«, sagte Hamish.

»Unsinn«, entgegnete Jeremy, während er seinen Fisch behutsam von der Waage hob. »Sollen Sie sich nicht aus den Ermittlungen raushalten? Blair würde es gewiss nicht gefallen, wenn er erfährt, dass Sie Fragen stellen.«

»Kann sein. Aber er würde sicher gern hören, was Sie im Sinn hatten.«

»Dann erzählen Sie es ihm. Sie werden schon sehen, was Sie davon haben!«, brüllte Jeremy und stürmte davon, wobei er beinahe mit Alice zusammenstieß, die die Männer ängstlich beobachtete. Alice rannte hinter Jeremy her. Dass er ihr seine Zimmertür praktisch vor der Nase zuknallte, hielt sie nicht ab, selbige Tür gleich wieder zu öffnen und hineinzugehen. Jeremy hockte zusammengekrümmt auf der Bettkante. »Dieser verdammte neugierige Bulle!«, wetterte er, ohne aufzusehen.

Alice setzte sich neben ihn und nahm seine Hand. »Was ist los, Jeremy?«, fragte sie fast flehend. »Du bist den ganzen Tag schon abscheulich.«

»Herrgott, ich habe schon genug Probleme, ohne mich auch noch um dich kümmern zu müssen!«, fuhr er sie an. »Man hat mich vor Lady Janes Zimmer gesehen, und das in der Nacht, in der sie ermordet wurde!«

»Oh, Jeremy, was ist passiert?«

»Mein Vater rief mich an und erzählte mir von ihr. Ich war in Oxford in einen blöden Schlamassel geraten und wollte sichergehen, dass sie den Mund hält. Sie hat gesagt, wenn ich die Nacht mit ihr verbringe, würde sie es sich überlegen. Kannst du dir das vorstellen? Diese gruselige alte Kuh.«

Alice wollte ihre Hand zurückziehen. Hatte Jeremy möglicherweise Lady Jane umgebracht? Er sah so seltsam aus, älter, grimmiger, und ein Muskel in seiner linken Wange zuckte.

Jeremy drehte sich zu ihr und sah sie an. »Es hätte doch nicht viel gemacht, wenn sie über dich geschrieben hätte«, sagte Alice scheu. »Ich meine, es war ja nichts wirklich Schlimmes.«

»Du hast doch keine Ahnung!«, konterte Jeremy. Dann erzählte er Alice in mattem Tonfall von den Oxford-Skandalen, ließ jedoch aus, dass er immer noch für den Unterhalt des Kindes bezahlte.

»Ich hätte niemals in die Politik gehen können«, schloss er. Er fühlte sich zittrig vor Angst und Wut. Wie dumm er gewesen war, Hamish nicht alles zu erzählen! Er brauchte jetzt einen Drink … oder irgendetwas anderes.

Er packte Alice und zog sie aufs Bett. »Oh, Jeremy«, flüsterte sie und vergaß, dass sie erst Minuten zuvor gedacht hatte, er könne ein Mörder sein. »Liebst du mich?«

»Ja, ja«, murmelte er in ihr Haar. Er begann, ihre Bluse aufzuknöpfen, und Alice war so verzückt und aufgeregt ob seines Liebesgeständnisses, dass sie die nun folgenden zehn Minuten beinahe genoss.

Sechster Tag

Bei Weibern hofft nicht auf Verstand.

John Donne

Hamish war sehr früh aufgestanden, weil er nicht schlafen konnte. Am Abend zuvor hatte er eine trübselige Dinnergesellschaft angetroffen. Einzig Alice schien bester Dinge zu sein. Daphne Gore hatte sich vom Geist der toten Lady Jane besessen gegeben, so wild schien sie entschlossen, allen anderen den Abend zu verderben. Hamish war nur froh, dass Charlie nicht dabei gewesen war, denn der Junge hatte schon hinreichend unter der Hysterie seiner Mutter zu leiden. Als Hamish in dem dunkelgrauen Anzug im Hotel erschien, den er für gelegentliche Kirchgänge aufbewahrte, hatte Daphne Gore angemerkt, er wäre wie für ein Begräbnis gekleidet. Dann hatte sie sich mit den Roths wegen der amerikanischen Cruise Missiles angelegt, obwohl offensichtlich war, dass sie lediglich möglichst gehässig sein wollte, ohne sich ernsthaft für das Thema zu interessieren.

Sie alle tranken zu viel, weil Amy die nervöse Angewohnheit hatte, ständig nachzuschenken, ohne auf den Kellner zu warten.

Seinen Höhepunkt erreichte der ohnedies schon wahrhaft furchtbare Abend, als Priscilla mit John Harrington zum Dinner im Hotel erschien. Harrington verkörperte alles, was Hamish an einem Mann verachtete: Er besaß eine laute, dröhnende Stimme, sprach mit einem übertrieben englischen Akzent, machte reichlich Theater um den Wein und nörgelte über das Essen. Dazu trug er maßgeschneiderte Kleidung, hatte ein kantiges, perfekt rasiertes Kinn, war sonnengebräunt und hatte welliges braunes Haar. Vor allem aber brachte er Priscilla zum Lachen.

Hamish beschloss, mit seinem Boot hinauszufahren und nach Makrelen zu angeln. Also ging er zum Strand hinunter und löste die Fangleine seines Ruderboots. In diesem Moment bemerkte er Charlie Baxter, der ihn sehnsüchtig beobachtete.

»Willst du mitkommen?«, rief Hamish ihm zu, und Charlie kam angeflitzt.

»Was machst du so früh schon draußen, Junge?«, fragte Hamish. »Es ist noch nicht mal sechs.«

»Ich wollte raus«, antwortete Charlie. »Meine Mutter stört das nicht. Ich gehe oft frühmorgens spazieren. Wir haben ziemlichen Krach, weil ich bei meiner Tante bleiben will und meine Mutter möchte, dass ich mit ihr nach Hause komme.«

»Vielleicht rede ich mal mit ihr«, bot Hamish an. »Spring rein, aber du musst ganz still sein.«

Charlie gehorchte. Er setzte sich ins Boot, und Hamish stieß es ins ruhige Wasser von Lochdubh. Die Sonne lugte gerade am Horizont hervor. Das Wasser war wie gläsern und der Himmel über ihnen wolkenlos. »Wie es aussieht, wird es wieder ein heißer Tag«, sagte Hamish, der nun ebenfalls ins Boot stieg und die Ruder aufnahm, damit sie hinaus in die Bucht gelangten.

»Wo wollen wir hin?«, fragte Charlie.

»Makrelen angeln. Das geht ganz leicht.«

»Womit?«

»Mit einem Spinner. Ich halte gleich an und zeige dir, wie man es macht.«

»Fahren wir richtig aufs Meer raus?«

»Nein, nur noch ein kleines Stück weiter.«

Charlie verfiel in Schweigen und sah über den Bootsrand zum ersten Sonnenlicht, das auf dem Wasser tanzte.

Nach einer Weile zog Hamish die Ruder ein und griff nach einer Angelrute mit mehreren Haken und silbernen Spinnern.

»Machen wir Köder an die Haken?«, fragte Charlie fasziniert.

»Nein, die Spinner reichen. Makrelen finden so gut wie alles spannend. Deshalb werden sie oft die Aasgeier des Meeres genannt. Wirf einfach die Schnur aus, und lass sie hinter dem Boot hertreiben.«

Er ruderte weiter, langsamer, ruhiger, und holte die Ruder dabei ab und zu ein.

Hinter ihnen stieg Rauch aus den Schornsteinen im Dorf auf, und die Umrisse der ungewöhnlich geformten Berge hoben sich scharf vorm Himmel ab.

»Halten Sie das Boot an!«, kreischte Charlie plötzlich. »Ich glaube, da hat was angebissen!«

»Hol die Schnur ein«, sagte Hamish und nahm die Ruder auf. Charlie kurbelte wie verrückt. »Da sind Fische am Ende«, sagte er. »Fische!«

»Hol sie ein, Junge.«

Charlie ruckte an der Angel, woraufhin die Schnur, die Haken, die Spinner und die Fische hinter ihm ins Boot klatschten.

»Das sind vier Makrelen«, sagte Charlie, als Hamish sie gekonnt von den Haken löste und tötete. »Können wir es noch mal probieren?«

»Ach nein«, antwortete Hamish. »Bleiben wir bei dem, was wir essen können. Bereit fürs Frühstück?«

»Braten wir sie?«

»Sicher tun wir das. Es ist zu früh, um deine Mutter zu wecken. Schieben wir ihr eine Nachricht unter der Tür durch, wo du bist.«

So kindlich, wie Hamish ihn bisher noch nicht erlebt hatte, lächelte Charlie und sagte: »Wissen Sie, es ist so viel schöner hier, seit die furchtbare Frau weg ist, dass ich am liebsten hierbleiben würde.«

»Aber deine Tante ist doch nur über den Sommer hier.«

»Ich habe gehört, dass sie gesagt hat, sie würde bleiben und mich in der Schule in Strathbane anmelden, wenn meine Mutter mich lässt.«

»Und das würde dir gefallen?«

»Ja, klar. Mr. Macbeth, da wartet dieser Mr. Blair auf Sie am Strand. Heißt das, wir können unseren Fang nicht braten?«

»Nein. Was auch passiert, wir werden Zeit zum Essen finden.«

Doch Hamish dachte, dass es schon sehr wichtig sein müsste, wenn Blair so früh aus dem Bett war.

»Tja, wir haben unseren Mann«, sagte Mr. Blair, nachdem Hamish sein Boot auf den Strand gezogen hatte. »Während Sie da draußen waren und Ihre Zeit mit dem Kind vertrödelt haben, bekam ich einen Anruf von Scotland Yard. Major Peter Frame wurde vor zwei Jahren verhaftet, weil er versucht hatte, den Sekretär vom Buffers Club in der Pall Mall zu erwürgen. Was halten Sie davon?«

»Ich halte es für keinen stichhaltigen Beweis, dass er Lady Jane erdrosselt hat.«

»Ja, nun, deshalb sind Sie der Dorfpolizist und ich nicht. Der Mann hat sie vor Zeugen bedroht!«

»Haben Sie ihn festgenommen?«

»Noch nicht. Er denkt, dass er uns bei unseren Nachforschungen hilft.«

»Ich hörte, dass er ein hochdekorierter Soldat war.«

»Nein, stimmt nicht«, höhnte Blair. »Das ist noch so etwas, was wir über ihn herausgefunden haben. Alt genug sieht er ja aus. Dabei ist er erst vierundfünfzig. Er war nie im Krieg, hat nie wirklich gekämpft. Er war Major in einer Ausbildungseinheit irgendwo unten in Lincolnshire.«

»Sicher hat Lady Jane das gewusst«, sagte Hamish.

»Wir kommen bestens ohne Ihre Hilfe zurecht, auch wenn Sie, anstatt Ihre Zeit mit Angeln zu verplempern, gerne Ihren Pflichten nachgehen könnten. Dieser Schwachkopf Halburton-Smythe hat uns gestern Abend ewig das Telefon blockiert mit seinem Gejaule wegen irgendwelcher Wilderer.«

»Da bin ich dran«, sagte Hamish, doch Blair stapfte schon wieder davon.

Hamish blickte dem Detective gedankenverloren nach. Was wäre, wenn es eine Lady Jane bei einem der anderen Angelkurse gegeben hatte? Wären dieselben Lügen und nichtigen Angebereien zutage gefördert worden?

Charlie zupfte an Hamishs Ärmel. »Ich mag Major Frame«, sagte er. »Er spinnt etwas, aber er ist nett.«

»Bringen wir deiner Mutter den Zettel«, sagte Hamish. »Und dann frühstücken wir erst mal.«

Bevor er das Frühstück machte, rief er allerdings noch Angus MacGregor an, einen notorischen Nichtsnutz, der am anderen Ende des Dorfes wohnte.

»Bist du das?«, fragte Hamish. »Ja also, Angus, deine Sünden haben dich eingeholt, und ich werde dich verhaften kommen, sobald ich gefrühstückt habe.«

Charlie horchte interessiert, als es aus dem Telefon quäkte.

»Unsinn«, sagte Hamish schließlich. »Ach was. Du hast

das neue Gewehr gekauft, und dabei weiß jeder, dass du nicht mal das Scheunentor treffen könntest. Ich bin gleich mit Handschellen bei dir.«

Hamish legte den Hörer auf und grinste Charlie an.

»Wenn er weiß, dass Sie ihn verhaften wollen, könnte er doch weglaufen«, sagte der Junge und machte große Augen.

»Genau das wird er tun«, antwortete Hamish und ging voraus in die Küche. »Verstecken wir uns hier, denn sie werden jeden Moment mit dem Major kommen. Tja, weißt du, Angus hat eine Frau und drei Kinder, und es wäre nicht richtig, ihren nutzlosen Vater ins Gefängnis zu schicken. Also wird er wahrscheinlich für eine Weile nach Aberdeen gehen und zurückkommen, wenn er glaubt, dass ich die Sache vergessen habe. Aber er wird nicht noch mal versuchen, dem Colonel einen Hirsch zu stehlen.«

Nach einem herzhaften Frühstück aus in Hafermehl gewälzter und in Butter gebratener Makrele begleitete Hamish den Jungen nach Hause und unterhielt sich kurz mit Mrs. Baxter, was Charlie jedoch sehr lange vorkam.

Bevor Hamish das Zimmer verließ, wuschelte er Charlie durchs Haar.

Er spazierte am Hotel vorbei, um zu hören, was der Angelkurs für diesen Tag plante. Die Kursteilnehmer waren alle dort, mit Ausnahme von Charlie und dem Major, saßen im Foyer und hörten sich einen Vortrag von John über die Eigenheiten von Forelle und Lachs an.

Die Roths, Daphne, Jeremy und Alice waren bester Dinge. Sogar John Cartwright riss Witze. Alle hatten von der »Verhaftung« des Majors gehört und wollten unbedingt glauben, dass er schuldig war.

»Wie es aussieht, muss Mr. Blair uns nicht mehr in die Mangel nehmen«, sagte John, »deshalb können wir wieder zum Loch Alsh und richtig angeln.«

Als sie gingen, bemerkte Hamish, dass Jeremy den Arm um Alices Schultern gelegt hatte.

Alice hatte die ganze Nacht in Jeremys Bett verbracht. Ihr war schwindlig vor Erschöpfung, Glück und Erleichterung. Es war schrecklich, wieder mit den Cartwrights und Charlie fahren zu müssen, der eben erst dazugekommen war, und Jeremy mit Daphne fahren zu lassen; aber er hatte versprochen, den Tag mit ihr, Alice, zu verbringen, und nun war sie sicher, dass er ihr einen Antrag machen würde.

Der Albtraum war vorbei, der Mörder verhaftet. Wie der Rest von ihnen hatte auch Alice nicht recht an diesen Quatsch geglaubt von wegen »der Polizei bei ihren Nachforschungen helfen«. Sie begann sich zu fragen, ob sie vor Gericht aussagen müsste. Das wäre aufregend, da sie selbst von der Presse nichts mehr zu befürchten hatte.

Die Landschaft sah auf einmal freundlich aus. Heidekraut leuchtete lila an den Berghängen, und ein Wanderfalke ließ sich auf den Höhenwinden weit hinauf in den Himmel treiben.

Dann erschien eine kleine Wolke am sonnigen Horizont von Alices Gedanken. Die klare, reine Luft war belebend. Doch vor diesem Hintergrund nahm sich das dunkle Wälzen in zerknitterten Laken der letzten Nacht schmutzig aus. Auch hatte Jeremy morgens nicht auf sie gewartet, sondern war allein zum Frühstück geeilt. Es hatte keine Tage mit langen Blickwechseln und Händchenhalten gegeben. Alice schüttelte diese Gedanken mit einem Schulterzucken ab und versuchte, sich weltgewandt zu fühlen. Rein, raus, danke, Ma'am, so war die Realität. Alle Männer waren gleich.

Doch ihr wurde leichter ums Herz, als sie aus dem Wagen stieg und Jeremy ihr grinsend zuzwinkerte.

Noch leichter wurde ihr, als es Daphne nicht gelang, Jeremy mit sich zum Angeln an der Flussmündung zu locken.

»Ich bleibe mit Alice hier«, sagte er. »Sie scheint Glück zu haben.«

Da war es – praktisch eine öffentliche Liebeserklärung.

Jeremy und Alice angelten einträchtig, wenn auch erfolglos, bis zur Mittagspause. Alice hatte ihr Angelfieber verloren. Sie wollte nur noch bei Jeremy sein. Als sie jedoch fürs Mittagessen eine Pause machten, zeigte sich, dass Jeremy nach wie vor dringend einen Fisch fangen wollte.

»Wo ist Daphne?«, fragte er mürrisch. »Bei mir hat noch nicht mal einer geknabbert. Vielleicht hätte ich doch mit ihr gehen sollen.«

»Sie ist am Ende des Lochs beim Fluss«, antwortete Heather.

»Wenn sie da immer noch angelt, muss sie etwas haben«, sagte Jeremy. »Ich gehe mal nach ihr sehen.«

Heather sah die unglückliche Alice an. »Essen Sie Ihre Sandwiches auf«, sagte sie. »Dann gehen wir zusammen nach ihr sehen. Ach du Schande, da kommt der Dorfpolizist. Nicht zu fassen, dass er den weiten Weg marschiert ist, nur um ein Sandwich zu schnorren …«

Hamishs rotes Haar und seine Uniform schimmerten im Sonnenschein.

»Wie geht es Major Frame?«, fragte Alice. »Hat man ihn nach Strathbane gebracht?«

»Nein. Ich dachte, er wäre schon wieder hier«, antwortete Hamish.

»Hier?«, kreischten alle.

»Ja, sie mussten ihn gehen lassen. Diese Geschichte, dass er den Clubsekretär gewürgt haben soll, war wohl mehr ein Sturm im Wasserglas. Der gute Major war damals betrunken, und dem Sekretär gefiel nicht, dass er seine Mitgliedsgebühr nicht bezahlt hatte und es auch nicht beabsichtigte. Ein Wort gab das andere, und der Major griff den

Sekretär an. Mehrere Mitglieder mussten die beiden trennen. Die Polizei wurde gerufen, aber keine Anzeige erstattet. Man kann einen Mann nicht ins Gefängnis schicken, nur weil er irgendwann mal in betrunkenem Zustand die Beherrschung verloren hat.«

»Aber wenn er nicht der Mörder ist«, sagte Alice. »Wer ist es dann?«

Alle sahen einander unsicher an.

Dann hörten sie einen leisen Schrei, den der Wind zu ihnen trug.

»Daphne!«, sagte John Cartwright und sprang auf. Alle liefen zum Loch und wateten hinein. Hamish zog sich Stiefel, Socken und Hose aus, um ihnen ins Wasser zu folgen. Nur mit Uniformjacke, Mütze und Unterhose bekleidet gab er eine komische Figur ab.

Als sie durch das seichte Loch in Richtung Fluss strebten, sahen sie Daphne. Ihre Angelrute war gebogen, die Schnur gespannt, und sie rief ihnen über die Schulter zu: »Bleibt weg! Den will ich selbst rausholen.« Trotzdem wateten sie näher und beobachteten, wie Daphne mit einem springenden und sich windenden Fisch kämpfte.

»Sie verliert ihn«, sagte Heather. »Tu etwas, John.«

»Oh nein, das würde sie mir ganz sicher nicht danken«, entgegnete er. »Sieh dir doch ihr Gesicht an.«

Daphne schien plötzlich gealtert zu sein. Ihre Lippen waren fest zusammengepresst, und tiefe Falten hatten sich zu beiden Seiten ihres Munds in die Haut gegraben.

Eine halbe Stunde verging. Selbst der halbnackte Hamish blieb, wo er war. Daphne hatte ihren Lachs – denn es war tatsächlich einer – ins Flache gespielt.

Dann warf sie mit einem zornigen Aufschrei ihre Angelrute hin und stürzte sich mit bloßen Händen auf den Fisch, dass es wie ein Angriff beim Rugby anmutete. Sie richtete sich in dem gurgelnden Wasser auf, den Lachs an ihre Brust gepresst.

Alle staksten ans Ufer. »Lassen Sie mich den Haken herausnehmen und ihn für Sie töten!«, rief John.

»Wagen Sie es ja nicht!«, erwiderte Daphne. »Den Spaß lasse ich mir nicht entgehen.«

Ein Rufen vom gegenüberliegenden Ufer ersparte ihnen den Anblick, wie Daphne den Fisch tötete. Dort stand der Major in voller Anglermontur.

Er kam zu ihnen gewatet.

Hamish betrachtete ihn. Er hätte erwartet, dass der Mann aufgebracht war und sich lauthals über die unverschämte Verhaftung empörte. Stattdessen sah er fasziniert Daphne und den Lachs an.

»Beim Zeus, wo haben Sie den erwischt?«

»Da drüben«, keuchte Daphne und zeigte ihm die Richtung.

»Welche Fliege haben Sie benutzt?«

»Eine Gore Inexpressible, eine Erfindung meines Vaters.«

»Wo angelt er?«

»Er hat einen Landsitz in Argyll, den er im Sommer nutzt. Aber ich durfte es nie versuchen, und deshalb bin ich hierhergekommen. Ich will ihm mindestens hundert Fotos schicken.«

Heather öffnete den Mund, um dem Major ihr Mitgefühl auszudrücken, wo er doch solch eine furchtbare Behandlung durch die Polizei erfahren hatte. Aber der Major war schon wieder im Wasser. Seine Augen blitzten fanatisch, und seine ganze Konzentration galt dem schäumenden Wasser.

In diesem Moment bemerkte Heather Jeremys Gesichtsausdruck. Du liebe Güte, dachte sie. Die Erwähnung des Besitzes in Argyll hatte Jeremy gänzlich für Daphne eingenommen. Arme Alice.

»Hu-hu!«

Die schmale Gestalt von Priscilla Halburton-Smythe erschien am anderen Ufer. »Mr. Macbeth!«, rief sie.

»Ziehen Sie sich lieber erst Ihre Hose an«, sagte Marvin Roth zu Hamish, allerdings watete dieser bereits auf Priscilla zu.

»Ach, du Schreck«, sagte Marvin. »Sie wird hier alles zusammenschreien, wenn sie ihn so sieht.«

»Der gemeine Highlander mag in vielen Dingen prüde sein«, erklärte Heather. »Aber mehr oder minder entblößte Haut scheint ihn selten verlegen zu machen, und sicher haben sich die Halburton-Smythes inzwischen daran gewöhnt.«

»Sie sind ja ganz nass«, kicherte Priscilla, als Hamish aus dem Wasser stieg. »Ich wollte Ihnen nur sagen, dass Daddy fürchterlich wütend ist. Er hatte R-Gespräche aus den Staaten und aus London. Lucy Hanson, die Sekretärin, hat die Gespräche angenommen und sich Notizen gemacht, weil sie dachte, dass es um das Anwesen geht. Ich habe Daddy gebeten, mir ihre Aufzeichnungen zu geben, aber er weigert sich.«

»Vielleicht können wir jetzt gleich ins Büro gehen und dort nach ihnen suchen, solange Ihr Vater nicht da ist«, schlug Hamish vor, dem Wasser die langen, rothaarigen Beine hinunterlief.

»Da könnten wir Glück haben. Alle sitzen im Garten beim Tee. Haben Sie nichts zum Abtrocknen dabei? Sie sehen wie eine Slapstick-Figur aus.«

»Ach, wir lassen einfach die Autofenster offen, dann trockne ich schnell wieder«, sagte Hamish. »Und es sind ja nur meine Beine nass. Das Wasser ging mir nicht mal bis zum Hintern.«

»Wir nehmen meinen Wagen, und ich setze Sie hinterher wieder hier ab. Hat jemand was gefangen?«

Auf der Fahrt erzählte Hamish ihr von Daphnes Fang, und Priscilla warf lachend den Kopf in den Nacken. Sie trug ein schlichtes Etuikleid aus pinkfarbener Baumwolle, und ihre braungebrannten Beine wurden von weißen Riemensandalen mit sehr hohen Absätzen betont. Ihre Beine waren glatt wie Seide. Hamish fragte sich, ob Priscilla sie rasierte oder ob sie von Natur aus so aussahen. Vor allem aber fragte er sich, wie es sich wohl anfühlen mochten, wenn er mit der Hand an ihnen hinab- oder hinaufstrich.

»Hören Sie auf zu träumen«, sagte Priscilla. »Wir sind da.«

»Ich hätte meine Hose schon früher anziehen sollen«, sagte Hamish. »Aber es scheint ja keiner in der Nähe zu sein, also ziehe ich sie jetzt schnell an.«

»Und beeilen Sie sich. Oh Gott!«

Hamish hatte gerade seine Socken und seine Hose auf den Kiesweg gelegt, um sie anzuziehen, als Colonel und Mrs. Halburton-Smythe nebst fünf Gästen, darunter John Harrington, um die Hausecke bogen.

Der Colonel riss die Augen weit auf vor Entsetzen und starrte Hamish an, der mit einem Bein in seiner Hose war. Gleich wird er sagen: »Was zum Teufel soll das hier bedeuten?«, dachte Hamish.

»Was zum Teufel soll das hier bedeuten?«, schrie der Colonel. Mrs. Halburton-Smythe, die jünger als der Colonel und recht hübsch, wenn auch mit den Jahren etwas blass geworden war, rief: »Komm sofort hierher, Priscilla!«

Priscilla dachte daran, ihnen von Daphnes Lachs zu berichten, sagte stattdessen jedoch rasch: »Ich erzähle euch später alles. In den Wagen, Mr. Macbeth.«

Der Colonel stürmte auf sie zu.

Hamish sprang in den Wagen, noch immer halb in der Hose, halb draußen. Priscilla lief zur anderen Seite, und sie flohen, ehe der Colonel sie erreichen konnte.

»Jetzt bin ich dran«, sagte Priscilla finster. »Er wird mir niemals zuhören. Das ist ja der Grund, warum ihm eigentlich nie irgendwer etwas erzählt.«

Hamish kämpfte sich in seine Hose. »Und was wollen Sie Ihrem jungen Verehrer sagen? Ihr Vater sagte mir – nun, drohte mir vielmehr damit –, dass Sie sich mit ihm verloben wollen.«

»Vermutlich muss ich mich tatsächlich bald mit irgendwem verloben«, sagte Priscilla, die sich ganz aufs Fahren konzentrierte, weshalb ihr der gequälte Gesichtsausdruck ihres Beifahrers entging. »Schließlich haben sie mich schon über die Ballsaison nach London mitgenommen, was nichts gebracht und nur eine Menge Geld gekostet hat. Alle anderen Mädchen geben sich damit zufrieden, einen passenden Mann zu heiraten. Meine Freundin Sarah mochte jemanden sehr, hat aber dann einen anderen geheiratet. Sie erzählte, dass sie auf dem Weg zum Altar dachte, wäre es doch der andere, und jetzt hat sie ein Kind und wirkt ziemlich glücklich.«

»Ich stelle es mir furchtbar vor, mit jemandem verheiratet zu sein, den man nicht liebt«, sagte Hamish, der stur geradeaus blickte.

»Ehrlich? Ich hätte nie gedacht, dass Polizisten solche Romantiker sind«, entgegnete Priscilla unbekümmert. Den Rest der Fahrt schwiegen sie.

»Richten Sie Ihrem Vater aus, dass ich seinen Wilderer geschnappt habe«, sagte Hamish, »oder vielmehr hat er Lochdubh verlassen, bevor ich ihn verhaften konnte. Jedenfalls sollte Colonel Halburton-Smythe keine Probleme mehr mit ihm haben.«

»Das beruhigt ihn vielleicht etwas. Ich nehme an, dass Sie diese Telefonnachrichten dringend brauchen. Wie wäre es, wenn Sie sich gegen Mitternacht zu uns schleichen, dann lasse ich Sie ins Haus. Ich werde versuchen, für Sie an die Notizen zu kommen.«

Hamish nickte und winkte ihr nach, als sie wegfuhr. Dann wandte er sich der Anglergruppe zu.

Alice saß am Ufer des Lochs und flocht einen Kranz aus Wildblumen wie eine moderne Ophelia. Derweil waren Jeremy und Daphne draußen im Boot zu sehen, wo sie sich angeregt unterhielten. Von den Roths oder den Cartwrights keine Spur. Hamish zog seine Uniformjacke aus, faltete sie zu einem Kissen zusammen und legte sich ins Gras. Er dachte über den Angelkurs nach, rief sich Einzelheiten ins Gedächtnis, bestimmte Bemerkungen und das, was Lady Jane gesagt hatte. Nach einiger Zeit tanzte alles wirr in seinem Kopf herum, und er nickte ein.

Der Lärm der Gruppe, die für den Tag zusammenpackte, weckte ihn. Der Major hatte einen Lachs gefangen, nicht ganz so groß wie Daphnes, aber kapital genug, um den Major leuchten zu lassen, als hätte er den Heiligen Gral gefunden.

Charlie kam angelaufen. »Was haben Sie zu meiner Mutter gesagt, Mr. Macbeth?«

»Es macht keinen Sinn, dir das zu erzählen, Junge, und dann klappt es vielleicht doch nicht. Bete einfach. Spring rein, ich fahre dich nach Hause.«

Und so fuhr Alice allein mit den Cartwrights zurück, einsam und voller Sorge. Würde Jeremy doch nur heute Abend mit ihr schlafen, dann könnte sie seiner wieder sicher sein.

Bei seiner Rückkehr fand Hamish einen wartenden Blair vor. Der Detective wollte zu einer weiteren Runde von Befragungen ins Hotel. Er war wütend, weil er sich so sicher gewesen war, im Major seinen Täter gefunden zu haben. Diese Wut ließ er an Hamish aus, nannte ihn faul, dumm und nutzlos, während Hamish nur ruhig dastand und in Gedanken woanders war.

An diesem Abend zeigte sich Blair auch den Anglern gegenüber von seiner übelsten Seite. Beim Abendessen drängten sich alle dicht zusammen und wünschten, sie dürften nach Hause fahren. Schließlich hatte Blair gesagt, dass sie am Sonntagmorgen abreisen könnten, sich allerdings auf weitere Besuche von der Polizei einstellen sollten.

Die versammelten Kursteilnehmer brachten nicht mal ein Schmunzeln zustande, als Marvin Roth in voller Highland-Kostümierung zum Dinner erschien, vom Kilt bis hin zum Skene-dhu, dem klassischen Messer oben in seinem Strumpf.

Hamish beschloss, die Abendstunden für einen ausgedehnten Spaziergang zu nutzen. Das Telefon in seinem Büro konnte er nach wie vor nicht nutzen, da Blair angekündigt hatte, noch einmal alle Beweise durchzugehen und einige Anrufe zu machen.

Alice wartete nach dem Abendessen auf ihrem Zimmer. Und wartete.

Jeremy trank mit Daphne in der Bar. Danach begleitete er sie nach oben zu ihrem Zimmer, lehnte sich an den Türpfosten und fragte: »Bittest du mich herein?«

»Nein«, antwortete Daphne lachend. »Nicht heute Abend, Napoleon. Ich habe Kopfschmerzen.«

Jeremy stand noch eine Weile da, nachdem sie die Tür geschlossen hatte. Trotz des vielen Gins, den er getrunken hatte, nagte Angst an ihm. Langsam ging er zu einem Zimmer weiter hinten auf dem Korridor und klopfte an.

»Mach auf, Alice. Ich bin's.«

Hamishs Spaziergang führte ihn unwillkürlich zum Schauplatz des Mords. Er leuchtete mit seiner Taschenlampe in die

Büsche, auch wenn er nicht hoffte, etwas zu entdecken, da die Polizei bereits alles gründlich abgesucht hatte.

Dann stellte er die Taschenlampe aus und blieb still stehen. Oberhalb des Beckens auf der kleinen Lichtung, auf der die Anglergruppe nach der Entdeckung des Mords gewartet hatte, knackte ein Zweig. So lautlos wie möglich bewegte sich Hamish auf die Lichtung zu, wobei er durch das hohe Ufergras ging, sodass seine Schritte nicht zu hören waren. Die Highlandstille hatte etwas Urtümliches und Unheimliches. Und diese Nacht war sehr still. Am Rande der Lichtung blieb Hamish abermals stehen. Ein schmaler Mond warf fahle Lichtstreifen durch die Bäume.

Und durch diese Streifen, geduckt wie ein Raubtier auf der Jagd, schlich Amy Roth. Mit rastlosen Händen tastete sie im Gras herum.

»Guten Abend, Mrs. Roth«, sagte Hamish.

Amy richtete sich auf und drehte sich zu ihm. Ihr Gesicht war eine weiße Scheibe im Dunkeln.

»Wer ist da?«, flüsterte sie.

»Constable Macbeth.«

»Oh.« Sie lachte kurz auf und strich sich nervös die Kleidung glatt. »Ich habe mein Feuerzeug verloren. Es ist aus Gold, und ich dachte, dass ich es eventuell hier liegengelassen habe.«

»Eine eigenartige Zeit, um an so einem unheimlichen Ort danach zu suchen«, sagte Hamish. »Warum sind Sie *wirklich* hier?«

»Es ist schon spät.« Sie machte einige Schritte auf ihn zu. »Ich gehe zurück zum Hotel.«

»Wie lange verdächtigen Sie Ihren Mann schon des Mordes?«, fragte Hamish nun.

Amy legte die Hände an ihre Wangen. »Marvin kann so gewalttätig sein«, flüsterte sie. »Aber er könnte nicht … sicher nicht …« Mit einem stummen Aufschrei stürmte sie an Hamish vorbei und den Weg hinunter. Kopfschüttelnd blickte er ihr nach. Er hatte nur geraten und damit offenbar richtig gelegen. Nachdem er die Lichtung mit seiner Taschenlampe abgeleuchtet hatte, entschied er, sich am Rand des Beckens umzusehen, bevor er seine Suche beendete. Er suchte die Erde und das Gebüsch ab, da fiel ihm etwas im Unterholz auf. Als er tiefer in das Gestrüpp trat, traf der Lampenstrahl auf einen blauen Stofffetzen, der sich an einem Dorn verfangen hatte. Seltsam, dass die Spurensicherung ihn übersehen hatte.

Vorsichtig zupfte Hamish den Stoff von dem Dorn und sah ihn genauer an. Es handelte sich um hellblaue Acrylfaser. Hamish erinnerte sich, dass Alice am ersten Tag des Angelkurses eine blaue Hose getragen hatte.

Nachdenklich setzte Hamish sich ans Wasser und drehte den Fetzen zwischen Daumen und Zeigefinger hin und her. Erst kürzlich hatte noch jemand diese Farbe getragen. Plötzlich ballte er die Faust, denn Angst überkam ihn.

»Oh nein«, raunte er.

Siebter Tag

Nirgends muss ein erfahrener Angler sein Können so überzeugend beweisen wie bei der Aufgabe, einen größeren Fisch mit leichter bis durchschnittlicher Ausrüstung zu fangen.

Gilmer G. Robinson, Fly Casting

Um kurz nach Mitternacht parkte Hamish seinen Wagen ein gutes Stück entfernt von Halburton-Smythes Burg und ging den Rest zu Fuß. Er fragte sich, ob er riskieren sollte, allein hineinzugehen und sich zum Büro zu schleichen, als sich die Tür öffnete.

Priscilla flüsterte: »Komm schnell rein, ehe wir das ganze Haus wecken.«

Sie lief voraus die Treppe hinauf zu ihrem Zimmer. Ihr weißes Baumwollnachthemd und der passende Morgenmantel gaben so gut wie nichts preis, dennoch fand Constable Macbeth, dass er in seinem Leben noch nie etwas Verführerischeres gesehen hatte.

Im Zimmer setzte Priscilla sich auf ihr Bett und klopfte neben sich auf die Decke. »Also, ich konnte ins Büro schleichen, als sich beim Abendessen alle das Maul über Sie zerrissen. Mummy hat meine Geschichte geglaubt und sagte, dass es genau die Art verrücktes Betragen sei, die man von Ihnen erwartet. Hier sind die Nachrichten, leider in der Kurzschrift der dummen Sekretärin.«

Hamish nahm die Notizen. »Ich selbst beherrsche auch Kurzschrift, Miss Halburton-Smythe. Ob ich allerdings die hier lesen kann … Ja, ich denke …«

»Schläfst du schon, Prissie? Ich möchte mit dir reden.«

»Daddy!«, quiekte Priscilla. »Ins Bett, schnell, unter die Decken, und rutschen Sie so weit rüber zur Wand, wie Sie können.«

Zum Glück war Hamish nicht in Uniform. Wegen der sehr lauen Nacht trug er nur ein Karohemd und eine alte Baumwollhose.

Er kroch unter die Bettdecke und machte sich ganz flach. Priscilla setzte sich neben ihm ins Bett und lehnte sich in die Kissen. »Komm rein!«, rief sie.

Hamish lag ganz still da, den Kopf unter den Decken. Sein Gesicht war an Priscillas Schenkel gedrückt, und er versuchte wegzurücken, doch sie schlug leicht von oben auf die Decke, damit er sich nicht bewegte.

Colonel Halburton-Smythe kam ins Zimmer. Er setzte sich auf die Bettkante, und Priscilla rutschte weiter zur Wand und presste sich damit gegen Hamish. Er hätte zu gern laut aufgestöhnt.

»Hör zu, Schatz, die Harringtons reisen womöglich morgen wieder ab, weil du dich nicht entscheiden kannst«, hörte Hamish den Colonel sagen. »Harrington ist ein netter junger Bursche. Und es ist ja nicht so, als seist du in einen anderen verliebt. Du kannst nicht einen Mann nach dem anderen abweisen.«

»Ich könnte mir einen Job suchen, Daddy.«

»Unsinn! Ehe und Kinder sind die einzig wahre Karriere für eine Frau. Was soll ich den Harringtons sagen?«

»Erzähl ihnen irgendwas«, sagte Priscilla gähnend. »Ich

bin entsetzlich müde, Daddy. Und ich verspreche auch, morgen nett zu John zu sein, wenn du mich jetzt schlafen lässt.«

»Na schön. Aber halte ihn nicht zu lange hin.«

Zu Hamishs enormer Erleichterung verschwand der Colonel endlich. Priscilla warf die Bettdecken beiseite und blickte hinunter zu Hamishs rotem Haar.

»Ohne diese schreckliche Uniform sehen Sie fast süß aus«, sagte sie. »Sie müssen da ja halb erstickt sein. Ihr Gesicht ist ganz rot, und Sie schnaufen wie ein Schwertwal.«

»Mir geht es gut«, entgegnete Hamish und setzte sich mühsam auf. »Jetzt zeigen Sie mir diese Notizen noch mal.«

Priscilla zog sie unter ihrem Kissen hervor und reichte sie ihm. Stirnrunzelnd entzifferte er das Geschriebene, und seine Züge verhärteten sich. »Ich muss Ihr Telefon benutzen.«

»Warum machen Sie so ein Gesicht?«, fragte Priscilla. »Was ist los? Warum können Sie nicht in Ihr Büro?«

»Da ist Blair, und er bleibt wahrscheinlich die ganze Nacht. Kann ich von hier aus telefonieren?«

»Ja, solange Sie keiner entdeckt.« Priscilla war ein bisschen beleidigt, hatte jedoch keine Ahnung, warum. »Ich hätte nicht gedacht, dass Ihnen Ihre Arbeit so wichtig ist.«

»Doch«, sagte Hamish und stieg über sie hinweg aus dem Bett. »Ich schleiche mich nach unten. Keiner wird mich hören.«

»Gute Nacht«, sagte Priscilla verärgert.

Hamish lächelte, als er sie im Bett vor sich liegen sah. »Danke für alles, Miss Halburton-Smythe.« Aus einer spontanen Regung heraus beugte er sich vor und küsste sie auf die Wange. Dann wurde er feuerrot und floh aus dem Zimmer.

Sieh mal an, dachte Priscilla, hielt eine Hand an ihre Wange und sah verträumt zur geschlossenen Tür.

Hamish saß neben dem Telefon im Büro und ging im

Geiste seine zahlreichen Verwandten durch. Da waren Rory in London, Erchie in New York, Peter in Hongkong und Jenny in Aylesbury, unweit von Oxford …

Schließlich nahm er den Hörer auf und wählte.

Erstes Morgenlicht erhellte den Himmel und das Wasser, als Hamish müde am Strand entlangwanderte. Eines musste er noch erledigen, bevor er schlafen konnte, denn das gebot die Pflicht. Ihm war gar nicht wohl, und seine Lippen bewegten sich zu einem stummen gälischen Gebet.

Er trat durch die weiß gestrichene Pforte und ging um das Haus herum zur Küchentür. Dort klopfte er so lange laut an das Glas, bis oben im Haus Licht anging. Dann wartete er, hörte Schritte die Treppe hinunterkommen und schlurfende Füße, die sich der Küchentür näherten.

Die Tür ging auf, und Tina Baxter stand nervös blinzelnd vor ihm. Ihre Hand hielt den Kragen eines wollenen rosa Bademantels zusammen. Sämtliche Farbe wich aus ihrem Gesicht, als sie Hamish sah.

»Ja, ich bin es«, sagte er finster. »Darf ich reinkommen?«

Sie trat beiseite, und Hamish ging an ihr vorbei in die Küche. Tina Baxter folgte ihm und sank auf einen Stuhl am Tisch, als könnten ihre Beine sie nicht mehr tragen.

»Ich war schon einmal hier und sprach mit Ihnen über Charlies Zukunft«, sagte Hamish. »Sie trugen ein blaues Kleid.« Er zog einen Umschlag aus seiner Jackentasche und nahm das Stückchen Stoff heraus, das er im Gestrüpp neben dem Wasserbecken gefunden hatte. »Gehört das Ihnen?«

»Ja«, flüsterte Mrs. Baxter. Sie bedeckte ihr Gesicht mit den Händen und fing an zu weinen.

»Ich konnte nicht anders«, schluchzte sie. »Die Schande!

Mein Charlie in den Zeitungen! Ich musste sie zum Schweigen bringen.«

Hamish setzte sich gegenüber von ihr hin. Sein Kopf wurde klarer. Nun war er nicht mehr erschrocken, und sein Verstand übernahm. Die ersten Sonnenstrahlen schienen wärmend in die Küche.

»Mrs. Baxter«, sagte er sanft. »Direkt nach dem Mord wurden alle Sträucher, Büsche, das Heidekraut und die Bäume nach Spuren abgesucht. Es ist extrem merkwürdig, dass ich dies hier fand.«

»Ich war es.« Tina Baxter starrte ihn an, und ihre Wangenmuskeln arbeiteten.

»Ja, Sie waren dort. Aber den Mord haben Sie nicht begangen. Sie schnitten ein Stück von Ihrem Kleid ab und ließen es dort in der Hoffnung zurück, dass jemand es findet. Reden wir noch mal kurz über Charlie. Er ist zwölf Jahre alt. *Zwölf*. Bedenken Sie das. Charlie ist ein kräftiger Junge, doch er kann unmöglich eine Frau von Lady Janes Statur überwältigt haben. Und vergessen wir den Charakter des Jungen nicht …«

»Es ist böses Blut, böses Blut«, sagte Tina Baxter und rang die Hände im Stoff ihres Bademantels. »Sein Vater war brutal. Er drohte, mich umzubringen, wenn ich nicht in die Scheidung einwillige.« Ihre Stimme bekam eine hysterische Note.

»Ich denke«, entgegnete Hamish ernst, »dass Sie einen Heiligen zur Gewalttätigkeit treiben können. Sogar mir ist danach, Sie zu ohrfeigen. Ist Ihnen klar, dass ich wegen Ihrer dummen falschen Spur dachte, Sie hätten den Verdacht auf sich zu lenken versucht, weil Sie um Charlies Schuld wüssten? Sie sind eine gefährliche Frau. Also, Sie werden nun Folgendes tun: Sie lassen Charlie hier bei seiner Tante und fahren nach Hause, wo Sie einen dieser Nervenärzte aufsuchen. Mit Ihrer Hysterie machen Sie das Kind noch ganz irre. Und falls Sie nicht tun, was ich sage, lasse ich die Presse wissen, dass Sie Ihren eigenen Sohn für einen Mörder hielten und ihn durch Ihre Dummheit beinahe vor Gericht gebracht hätten.«

Hamish stand auf. »Denken Sie darüber nach, Mrs. Baxter. Ich könnte für einen Skandal sorgen, der Ihre schlimmsten Albträume übertrifft.«

Es war der letzte Tag des Angelkurses. Sofern die Polizeibehörde keine Einwände hatte, würde Blair sich die Privat- und Geschäftsadressen von allen Teilnehmern geben lassen und ihnen erlauben, am Sonntagvormittag abzureisen. Der Fluss Anstey war immer noch abgesperrt, weshalb Heather und John vorschlugen, am Marag zu angeln.

Bei der Rückkehr zum Polizeirevier stellte Hamish fest, dass Blair noch schlief. Er tippte seine Notizen ab, betrachtete das Ergebnis und legte es beiseite. Dann dachte er ausgiebig über die Kursteilnehmer nach und kam zu dem Schluss, dass ihn das schiere Ausmaß des Verbrechens überwältigte. Er fing an, in seiner zerblätterten, zehnbändigen Ausgabe von *Berühmte Verbrechen* zu lesen. Vor seinen müden Augen purzelten die Motive durcheinander. Mord aus Geldgier, aus Leidenschaft, aus Rache. Alkohol oder Drogen holten den Mr. Hyde in den Menschen zum Vorschein, doch keiner der Kursteilnehmer trank exzessiv, und es gab auch keine Anzeichen, dass einer von ihnen Drogen nahm. Hamish kochte sich eine Kanne starken Tee nach der anderen. Sein Hund Towser tapste unruhig umher und leckte seinem Herrn die Hand, als fragte er sich, was Hamish vom Schlafengehen abhielt. Towser streckte sich nämlich gern am Fußende von Hamishs Bett aus.

Es hat alles mit Gewissenlosigkeit zu tun, dachte Hamish.

Als der kleine Anglertrupp in seinen letzten Tag startete, schlief Hamish tief und fest, den schnarchenden Hund zu seinen Füßen und einen Stapel Notizen an seine Brust gedrückt.

Blair weckte ihn, indem er an seiner Schulter rüttelte. »Es ist Mittag«, knurrte Blair empört. »Himmel noch eins, ich werde Sie wegen eklatanter Faulheit melden! Ich habe eine Aufgabe für Sie. Sie kommen heute Abend mit mir zum Hotel und schreiben sich von allen die Adressen auf. Und ich meine nicht nur die Privatadressen, denn die haben wir schon. Ich will notiert haben, wer wo arbeitet und wohin jeder Einzelne von ihnen in nächster Zeit verreisen könnte.«

»Raus hier!«, sagte eine dünne, schrille Stimme hinter Blair. Der korpulente Detective fuhr erschrocken herum. Charlie Baxter stand mit einem Becher Tee in der Tür. »Dies ist Constable Macbeths Haus«, sagte er. »Und Sie haben kein Recht, ihn herumzuscheuchen.«

Blair glotzte den Jungen an, der weiß vor Wut war.

Hamish, der in Hemd und Hose eingeschlafen war, schwang rasch die Beine aus dem Bett.

»In die Küche mit dir, Charlie«, sagte er. »Wann brauchen Sie mich im Hotel, Sir?«

»Um sechs«, antwortete Blair unwirsch. »Und bringen Sie dem Kind Manieren bei.« Dann stampfte er ins Büro, von wo kurz darauf zu hören war, wie er MacNab und Anderson zusammenstauchte.

»Ich habe Ihnen Frühstück gemacht, Mr. Macbeth«, sagte Charlie schüchtern. »Es steht auf dem Tisch.«

»Ah, das ist sehr gut.« Hamish machte sich über den angebrannten Bacon und die noch sehr flüssigen Eier her. »Eine richtige kleine Hausfrau, was? Willst du zum Angeln?«

»Ich dachte, dass Sie vielleicht mit mir rauf zum Marag kommen«, antwortete Charlie. »Und ich möchte mich bei

Ihnen bedanken. Mutter ist wütend abgefahren. Ich weiß nicht, was Sie zu ihr gesagt haben oder was meine Tante hinterher zu ihr gesagt hat, aber ich darf bleiben.«

»Ist das nicht prima?« Hamish lächelte. »Ach, deine Mutter ist schon in Ordnung, aber sie macht sich zu viele Sorgen um alles.«

»Vielleicht fangen wir ja zusammen den Mörder, Mr. Macbeth.«

»Könnte gut sein. Warte, bis ich meine Uniform angezogen habe, dann brechen wir auf.«

Die Teilnehmer des Angelkurses waren in feierlicher Stimmung. Sogar Daphne schien ihr zickiges Benehmen vorerst eingestellt zu haben. Beim Frühstück waren alle zu dem Schluss gekommen, dass es keiner von ihnen gewesen und Lady Jane vermutlich einem Wilderer oder irgendeinem Irren in die Quere gekommen war. Morgen würden sie mit einer Geschichte nach Hause zurückkehren, von der sie noch Jahre berichten konnten.

Alice zog Hamish beiseite und zeigte ihm einen Ring aus Silber und Rauchquarz, den sie an einem Band um den Hals trug. »Den hat Jeremy mir geschenkt. Er hat ihn heute Morgen in der Geschenkboutique gekauft. Ich wollte ihn an den Finger stecken, aber Jeremy sagt, wir sollen es erst mal noch geheim halten.«

»Weshalb?«, fragte Hamish neugierig. »Es ist ja nicht so, als wäre der Mann verheiratet.«

»Ach, ihr Männer seid solche Heimlichtuer!«, antwortete Alice lachend.

»Sollte ich die Frau meiner Wahl heiraten«, sagte Hamish langsam, »würde ich es laut hinausposaunen.«

Doch Alice kicherte bloß glücklich und ging weg. Hamish hockte sich auf einen Felsen, von dem aus er die anderen beobachten konnte. Dort blieb er den ganzen Tag über.

Um fünf Uhr nachmittags schließlich ging er auf Heather zu und sagte: »Sie werden heute alle um sechs Uhr im Hotel erwartet, Mrs. Cartwright, und die Leute werden sich noch frischmachen und umziehen wollen. Mr. Blair will, dass ich erneut alle Namen und Adressen aufschreibe, und ich möchte auch noch mit Ihnen reden.«

»In Ordnung.« Heather sah Hamish verwundert an. »Ich rufe die Gruppe zusammen.«

»Ich fahre schon vor und sorge dafür, dass keine anderen Gäste ins Foyer gelassen werden.«

Im Hotel warteten Blair, MacNab und Anderson bereits auf Hamish. »Sie sind unterwegs und werden um sechs im Foyer sein«, sagte Hamish. »Ich sage Mr. Johnson Bescheid, dass er den Raum für die anderen Gäste sperren müsste. Ich habe nämlich vor, den Mörder zu überführen, Mr. Blair.«

MacNab lachte spöttisch, und Jimmy Anderson sagte: »Sie lesen zu viele Krimis, Hamish. Der große Detective versammelt die Verdächtigen in der Bibliothek und entlarvt den Mörder!«

»Ja, genau so«, bestätigte Hamish und ging.

»Der ist verrückt«, knurrte MacNab. »Ich schicke ihn nach Hause, damit er einen Kaffee trinken kann.«

»Nein«, widersprach Blair. »Lassen Sie ihn ruhig. Ich will, dass er sich lächerlich macht. Und ich sorge dafür, dass sein gemütliches Leben hier in spätestens einer Woche vorbei ist.«

Entsprechend fand Hamish bei seiner Rückkehr einen außergewöhnlich zahmen und kooperativen Blair vor. Ja, Blair grinste sogar. MacNab bewachte die Tür und Anderson das Fenster.

Einer nach dem anderen betraten die Kursteilnehmer das Foyer. Hamish stand mit dem Rücken zum leeren Kamin und wartete, bis alle saßen.

»Ehe ich Ihre Adressen notiere, damit Sie morgen abreisen können«, sagte er, »habe ich noch ein paar Dinge zu sagen.« MacNab unterdrückte ein Lachen.

»Anfangs fiel es mir schwer zu erkennen, wer von Ihnen den Mord begangen hat, denn Sie alle schienen ein Motiv zu haben.«

»Jetzt machen Sie schon.« Daphne Gore gähnte. »Ich würde sterben für einen Drink.«

»John und Heather Cartwright«, fuhr Hamish fort, der die Unterbrechung ignorierte. »Eine schlechte Presse hätte Ihre Schule ruiniert, und zweifellos wollte Lady Jane eine vernichtende Kritik schreiben. Sie erhielten einen Brief von Freunden aus Österreich, die Ihnen erzählten, wie Lady Jane sie ruiniert hat. Mr. Cartwright lebt für diese Angelschule, und Mrs. Cartwright lebt für ihren Mann. Beide hätten es gewesen sein können ... oder einer von ihnen allein. Und dann Marvin und Amy Roth ...«

»Das höre ich mir nicht länger an«, fiel Heather ihm ins Wort. Sie erhob sich halb, das Gesicht gerötet vor Scham, überlegte es sich jedoch anders und setzte sich wieder, den Blick nicht auf Hamish, sondern auf ihren Mann gerichtet.

»Marvin Roth«, sagte Hamish, »war vor einigen Jahren in einen Skandal verwickelt, als man ihm vorwarf, Ausbeuterbetriebe im Garment District von New York zu unterhalten und illegale Einwanderer zu beschäftigen. Er wollte nicht, dass seine Vergangenheit ausgerechnet dann aufgewühlt wird, als er in die Politik geht, und einer Bemerkung von Lady Jane entnahm er, dass sie Bescheid wusste. Dann wäre da Amy Roth, die immerfort betont, eine Blanchard aus Augusta zu sein. Dabei sind Sie keine gebürtige Blanchard, nicht wahr? Vor zehn Jahren heirateten Sie Tony Blanchard, und obwohl die Ehe nur wenige Wochen dauerte, behielten Sie seinen Namen und brüsteten sich fortan damit. Das muss Lady Jane gewusst haben.«

Marvin wischte sich über den Kahlkopf. »Hören Sie mal, Amy hat nie behauptet, dass sie eine gebürtige Blanchard ist. Stimmt doch, Liebling.«

»Oh doch, hat sie«, widersprach Daphne. »Einschließlich Mint Julep und allem.«

»Das haben Sie missverstanden«, konterte Marvin mit einem frostigen Blick zu Daphne.

»Dann hätten wir Major Peter Frame«, sagte Hamish.

»Nicht schon wieder«, stöhnte der Major und vergrub das Gesicht in den Händen.

»Ihnen liegt eine Menge an Ihrem Ruf als Offizier und Gentleman«, erklärte Hamish. »Sie besitzen ein aufbrausendes Temperament, und Sie haben Lady Jane vor Zeugen bedroht. Sie waren nie im Krieg, und ebenso wenig entstammen Sie der Oberschicht. Lady Jane hat Ihnen wahrlich zugesetzt. Kommen wir zu Alice Wilson.«

Alice lächelte zittrig zu Jeremy auf, der stirnrunzelnd auf den Boden blickte. »Sie gerieten als Kind in eher harmlose Schwierigkeiten, doch das plagt Sie bis heute. Es gibt einen triftigen Grund, warum Sie nicht wollten, dass die Sache bekannt wird. Eventuell hätten Sie deshalb sogar gemordet.«

Keiner rührte sich, trotzdem schienen alle unmerklich von Alice wegzurücken.

»Ich würde doch nicht«, hauchte Alice. »Jeremy, bitte …«

»Charlie Baxter«, fuhr Hamish fort. »Nun, du hast qualvolle Stunden mit ihrer Ladyschaft verbracht, und Jungen in deinem Alter sind unter Druck zu schrecklichen Dingen fähig. Jeremy Blythe. Ich halte Sie für einen skrupellosen, ehrgeizigen, selbstsüchtigen Mann. In Ihrer Zeit in Oxford haben Sie mindestens zwei Frauen unglücklich gemacht und wer weiß, wie viele danach noch. Sie wollen für die konservative Partei zur Wahl antreten, und Lady Janes Geschichte, wäre sie je erschienen, wäre das Ende dieser Pläne gewesen.«

Das ist grausam, dachte Alice entrüstet. Er hätte uns auch einzeln beiseitenehmen können. Es ist wie ein grausames Spiel, bei dem er unsere Leichen öffentlich aus dem Keller holt. Sie sah Hamish wütend an, der in seine Notizen blickte. Dann sah er wieder auf. Er weiß nicht, wer es war!, dachte Alice auf einmal. Er sucht nach einem verräterischen Hinweis!

»Daphne Gore. Lady Jane wusste alles über Sie. Ich will nicht auf die Details eingehen, die zu Ihrem Aufenthalt in der Nervenklinik führten, aber ich denke, dass Sie labil genug sind, um unter entsprechendem Druck einen Mord zu begehen.«

Schockiertes Schweigen. »War es das dann mit Ihrem kleinen Spielchen, Macbeth?«, fragte Blair. »Schreiben wir die Adressen auf und …«

Hamish beachtete ihn nicht.

»Wir haben ein Beweismittel, die ausgerissene Ecke eines Fotos mit dem Teil eines Schriftzugs: BUY BRIT… Zuerst hielt ich es für den Ausschnitt eines alten *Buy British*-Plakats. Auf dem Fotoausriss war auch ein Haarschopf mit etwas Glitzerndem wie einem Diadem zu sehen. Ich habe eine Menge Anrufe gemacht und schließlich herausgefunden, was dort wirklich stand. Es handelte sich um den Ausschnitt des Werbeslogans BUY BRITTLES BEER – ein Bier, das in Amerika verkauft wird.«

»Nie gehört«, sagte Marvin Roth.

»Nein, das haben auch nicht viele«, bestätigte Hamish. »Es wurde von einer kleinen Brauerei in Red Hook in Brooklyn gebraut, die von der Mafia kontrolliert wurde. Das Bier war so stark, dass Einheimische mutmaßten, es wäre aus all den Leichen gebraut, die nicht im East River landeten. Es war reines Glück, dass ich dahinterkam. Mrs. Roth hatte mal etwas über Red Hook gemurmelt. Zu der Zeit dachte ich, es müsste mit dem Angeln zu tun haben. Erst später fiel mir ein, dass Red Hook ein Viertel in Brooklyn ist. Ich habe einen Cousin, Erchie, der in Red Hook wohnt, und den rief ich an. Er erzählte mir, dass das Bier in den kleinen Glücksspielclubs der Mafia verkauft wurde.

Von Amy Blanchard oder Amy Roth hatte er nie gehört, aber durchaus von einer Amy, die dort vor einer ganzen Weile Stripperin war. Amy ist ja kein allzu häufiger Name in einem italienischen Viertel. Lady Jane wiederum ist in den Staaten gewesen und hat ohne Frage so viel Dreck aufgewühlt, wie sie konnte. Aber sie wartete mit Freuden bis zum Erscheinen ihrer Kolumne, um den Rest von Ihnen leiden zu sehen oder sich zumindest Ihrer aller Unglück auszumalen. Amy aber reizte sie besonders. Sie verabredete ein Treffen mit Mrs. Roth im Wald. Dort zeigte sie ihr das Foto von Amy als Stripperin, die bis auf den glitzernden Haarschmuck nur sehr wenig trug. Sie, Mrs. Roth, haben so gut wie kein Gewissen, wie ich recht früh eher ahnte, als dass ich es wusste. Und nach und nach wurde dies immer offensichtlicher. Da lag immer etwas Berechnendes in Ihrem Blick, egal was Sie sagten. Sie haben Lady Jane erdrosselt und sie zum Becken geschleift. Dort brauchten Sie etwas, um die Leiche zu beschweren, also gingen Sie hinunter an den Strand, wo Sie ein paar rostige alte Ketten fanden. Sobald Sie die Leiche versenkt hatten, fühlten Sie sich sicher. Sie kehrten zu Lady Janes Zimmer zurück und vernichteten sämtliche Notizen und sonstigen Papiere. Ihr Mann sollte niemals erfahren, dass Sie eine Stripperin in Brooklyn waren, die sich für Gefälligkeiten bezahlen ließ.«

Gütiger Gott, dachte Heather Cartwright verwirrt. Nennen die Leute das immer noch *Gefälligkeiten*?

Amy Roth saß stocksteif und mit gesenktem Blick da.

Marvin Roth ging zur ihr, hockte sich auf ihre Sessellehne und legte eine Hand auf ihre Schulter.

»Sie reden völligen Blödsinn«, sagte er angespannt. »Ich glaube Ihnen kein Wort. Und ich sage Ihnen was. Sie weiß, dass ich sie liebe und dass ich einen Dreck auf ihre Vergangenheit gebe. Meine ist auch nicht blütenrein. Haben Sie irgendeinen Beweis für Ihre Anschuldigungen?«

»Sie wurde gesehen«, antwortete Hamish. »Da gibt es diesen Wilderer, Angus MacGregor …«

Er verstummte, als Amy zu ihm aufsah. Ihr Blick hatte alles Weiche, Kuhäugige verloren. Nun war er kalt und hart wie Stein.

»Sie waren es, nicht wahr?«, fragte Hamish.

Amy benetzte sich die Lippen. »Ja«, sagte sie dann matt.

»Und als Sie sagten, dass Sie Ihren Mann verdächtigten und Angst hätten, er könnte Spuren hinterlassen haben, waren Sie in Wirklichkeit besorgt, dass Sie etwas am Tatort zurückgelassen haben könnten.«

»Ja«, sagte Amy wieder in diesem schaurig matten Ton.

Marvin wurde kreidebleich und kämpfte mit den Tränen. »Sie zwingen Sie, das zu sagen!« Alle schwiegen. »Amy«, flehte Marvin, »wenn du das warst, dann hast du es für mich getan. Zum Teufel mit der Politik! Ich wollte das sowieso nie.«

»Das war nicht der Grund, stimmt's, Amy?«, fragte Hamish.

»Nein, wohl nicht«, sagte sie tonlos, spreizte die Finger und betrachtete sie nachdenklich. »Sie hat sich mit mir angelegt. Und mit mir legt man sich nicht an.«

Während Anderson und MacNab von zwei Seiten auf sie zugingen, lächelte sie ihren Mann reumütig an.

Hamish lehnte an der Hafenmauer und blickte aufs Wasser hinaus. Er war unglaublich müde. Als Amy im Streifenwagen weggebracht wurde, sah er nicht hin. Sie wurde zum Frauengefängnis in Strathbane gefahren.

Während hinter seinem Rücken Wagen vor- und wieder abfuhren, wartete Hamish ab. Dann hörte er Blairs Stimme hinter sich. »Das war keine schlechte Arbeit, Constable. Ich schätze, Sie lachen sich ins Fäustchen. Zusammen mit meinen anderen Leuten bringen MacNab und Anderson die Frau nach Strathbane, und ich fahre auch gleich los. Meine Vorgesetzten werden ungern lesen, dass der Fall von einem Dorfpolizisten aufgeklärt wurde.«

»Ach, nein«, beruhigte Hamish ihn. »Sie selbst waren doch auch schon auf der richtigen Spur. Das war nicht allein mein Verdienst.«

»Warum hatten Sie diesen Wilderer, den Zeugen, nie erwähnt? Der hat letztlich den Durchbruch gebracht.«

»Ich hatte ihn mir bloß ausgedacht«, sagte Hamish und steckte sich eine Zigarette an. »Es war geraten.«

»*Was!*«

»Ja, ich habe einfach gepokert. Mein Cousin Erchie hat mir erzählt, dass die einzige Amy, von der er im Zusammenhang mit den Mafia-Clubs je gehört hatte, eine junge Stripperin war. Er war sich nicht sicher, ob es dieselbe Person war, nein, ganz und gar nicht. Also dachte ich, ich versuch's mal.«

»Und wenn Sie sich geirrt hätten?«

»Tja, dann hätten Sie mich sicher ganz schnell um meinen Job gebracht, wie Sie es sich gewünscht hätten. Aber Amy war auch eine Art Prostituierte, und mir fiel ihre Rastlosigkeit auf. Das ist so eine Sache mit Prostituierten. Sie können ihre Vergangenheit mit einer Schicht aus Damenhaftigkeit überdecken, aber diese gehetzte, unruhige Ausstrahlung werden sie nie ganz los.«

»Sie scheinen ja reichlich Erfahrung damit zu haben«, sagte Blair sarkastisch.

Hamish wurde rot. »Oh nein. Aber es gab diese Jessie drüben in Aberdeen, die den Mann aus dem Stadtrat heiratete … Und dann Amys Verhalten beim Abendessen. Mir konnte unmöglich entgehen, dass sie immerzu Wein nachschenkte, ohne zu warten, dass der Kellner kam oder die Herren am Tisch dies übernahmen.«

»Es muss ein Schock für den alten Marvin gewesen sein.«

»Ja, war es. Mir kam erstmals der Gedanke, dass sie es gewesen sein könnte, als ich ihre Handgelenke sah. Die sind sehr kräftig für eine Frau.«

»Mr. Roth ist mit ihr gefahren. Er will ihr einen guten Anwalt besorgen.«

»Ja, die Liebe ist etwas Furchtbares«, sagte Hamish betrübt.

»Ich glaube, Sie haben mächtiges Glück gehabt«, konstatierte Blair angesäuert. »Ich fasse nicht, dass Sie dafür keine Anerkennung haben wollen.«

Hamish drehte sich um und lehnte sich wieder an die Hafenmauer. »Glauben Sie es ruhig. Ich habe nicht vor, aus Lochdubh wegzugehen. Aber falls Sie eine kleine Bemerkung in Ihrem Bericht machen wollen, was meine fleißige, wenn auch recht einfältige Hilfe betrifft, wäre das nett.«

Blair grinste und klopfte Hamish auf die Schulter.

»Ich schätze, wir haben noch Zeit für einen Drink, Hamish«, sagte er. »Gehen wir in die Bar.«

Epilog

Am Sonntagmorgen saßen alle Überlebenden munter plaudernd beim Frühstück zusammen. Was für eine Erleichterung, dass alles geklärt war und sie nach Hause durften! Vor dem Hotel warteten Reporter und Fotografen, aber an denen würden sie einfach vorbeifahren. Nur John Cartwright wusste, dass der Major schon draußen gewesen war und mit ihnen gesprochen hatte. Der Major hatte zur alten Form zurückgefunden und das so nachhaltig, dass ihm nicht über die Zunge wollte, der Dorfpolizist hätte den Fall gelöst; er beschränkte sich bei aller Prahlerei auf den Hinweis, wie sehr es ihn freute, dass die Polizei die Sache aufgeklärt hatte.

John seufzte. Die Gäste des nächsten Angelkurses sollten später am Nachmittag eintreffen. Niemand hatte abgesagt, und ihre kleine Angelschule würde überleben.

Alice lächelte Jeremy strahlend an. Er hatte sie gestern Abend nicht besucht und es damit entschuldigt, dass ihn das Drama rund um die Verhaftung so mitgenommen hätte. Alice trug seinen Ring an ihrem Finger.

»Ich hoffe, ich sehe Sie alle irgendwann wieder«, verkündete Major Peter Frame heiter. »Jetzt fahre ich mal lieber.«

»Ja, ich auch«, stimmte Jeremy ein.

»Mein Koffer ist schon an der Rezeption«, sagte Alice.

»Ich warte hier auf dich und trinke noch einen Kaffee.« Jeremy legte ihr kurz die Hand auf die Schulter.

»Dann hole ich mal mein Gepäck«, sagte Daphne träge, »und meinen Fisch aus dem Kühlraum. Hoffentlich passt der in den Wagen.«

Die Cartwrights verabschiedeten sich und gingen, um alles für den nächsten Kurs vorzubereiten.

Alice blieb allein zurück. Es war ein schöner Tag, und sie sah beim Kaffeetrinken glücklich hinaus zum Wasser, das im Sonnenschein glitzerte. Vielleicht könnten Jeremy und sie in den Flitterwochen wieder hierherkommen.

Auf einmal zuckte Alice zusammen, denn ihr ging auf, was Daphne da gerade gesagt hatte. Ob ihr Fisch in den Wagen passte? In welchen Wagen? Jeremys Sportwagen bot nur für zwei Leute Platz.

Alice lief zur Rezeption, griff sich ihren Koffer und eilte aus dem Hotel. Jeremy und Daphne lachten, als sie versuchten, Platz für Daphnes gewaltigen Lachs zu finden.

»Jeremy!«, rief Alice. »Ich dachte, wir reisen zusammen zurück.«

Er kam zu ihr geschlendert. »Nein, es ist nur fair, dass ich Daphne zurückfahre. Schließlich sind wir auch zusammen hierhergekommen.«

»Aber wir sind verlobt!«, kreischte Alice. »Hier! Ich trage deinen Ring!«

»Das war nur ein Geschenk«, murmelte Jeremy. »Ich habe ja nicht um deine Hand angehalten, oder?«

»Du hast mit mir *geschlafen*«, sagte Alice und begann zu schluchzen. »Ich könnte schwanger sein.« Sie schlang die Arme um Jeremys Hals.

»Gütiger Gott!« Er riss ihre Arme nach unten und rannte zu seinem Wagen. Daphne saß schon auf dem Beifahrersitz.

Jeremy stieg ein und knallte die Tür zu, als Alice angelaufen kam. Sie schlug mit den Händen ans Fenster, doch Jeremy legte den Gang ein. Der elegante rote Sportwagen brauste laut knatternd davon.

Alice wurde bewusst, dass die Presseleute sie neugierig beäugten, ebenso wie einige Hotelangestellte.

Sie nahm ihren Koffer auf und schritt erhobenen Hauptes zurück ins Hotel.

Hamish und Charlie ruderten nach einem Angelnachmittag gemächlich zurück nach Lochdubh. Sie hatten vier Makrelen und zwei Lengfische gefangen. Aus Charlies Blick war alles Harte, Misstrauische verschwunden, und er schaute mit verträumter Zufriedenheit in die Welt.

»Da ist Mr. Johnson«, sagte Charlie, als sie sich dem Ufer näherten. »Ich glaube, er wartet auf uns.«

Hamish fühlte sich unangenehm an Blair erinnert, der sie bei ihrer letzten Rückkehr mit dem Boot erwartet hatte.

»Wo waren Sie?«, fragte Mr. Johnson, kaum dass Hamish auf den Sand gesprungen war. »Ich bin mit meinem Latein am Ende. Diese Alice Wilson hat Mr. Blythe eine Szene gemacht, und nun ist sie weg. Ihr Koffer steht noch an der Rezeption, ohne dass sie die Zimmerreservierung verlängert hätte. Meine Leute suchen nach ihr.«

»Lauf du schon mal nach Hause«, sagte Hamish zu dem Jungen. »Keine Sorge, Mr. Johnson. Ich finde sie.«

Wo könnte sie nur sein?, fragte sich Hamish, als er die gewundene Straße aus Lochdubh hinauffuhr. Vermutlich war sie einfach los- und dann immer weitergelaufen.

Im fahlen Dämmerlicht der Highlands blickte sich Hamish nach links und rechts um, während er fuhr.

Er war zehn Meilen von Lochdubh entfernt, als er etwas bemerkte, das wie eine schwarze Erhebung auf einem schwarzen Felsen aussah. Hamish fuhr ein Stück weiter und parkte seinen Wagen hinter einer Straßenbiegung. Dann ging er querfeldein zurück. Seine Schuhe machten kein Geräusch auf dem weichen Heidekraut.

Alice gab ein Bild des Elends ab, wie sie auf dem Felsen hockte. Sie weinte nicht, denn das hatte sie bereits den ganzen Tag lang getan, bis sie nicht mehr konnte. Aber sie schluchzte trocken.

Hamish setzte sich zu ihr. »Nur ein Narr würde um jemanden weinen, der ihn nie wirklich will.«

»Gehen Sie weg«, sagte Alice und sah ihn mit geröteten Augen an.

»Ja, ich gehe, und Sie kommen mit mir. Sie haben für heute schon genug Ärger gemacht. Und alles wegen eines eitlen Gecken, den Sie nicht mal geliebt haben.«

»Ich liebe ihn!«, heulte Alice.

»Tun Sie nicht. Sie sind mit ihm ins Bett gegangen, oder nicht? Ja, dachte ich mir. Und jetzt müssen Sie so tun, als würden Sie ihn lieben. Ach, Mädchen, es ist Ihr Stolz, der leidet, nicht Ihr Herz. Es gibt eine dumme Frau, die wegen Mordes verurteilt werden wird, und das einzig aufgrund ihrer verfluchten Überheblichkeit, und jetzt haben Sie auch noch vor, sich in das nächste Loch zu stürzen, sobald Sie den Mut dazu aufbringen, damit es einer Ratte wie Blythe leidtut.«

»Ich … Ich habe nicht … Das würde ich nicht tun.«

»Hören Sie, ich habe versucht, Ihnen zu sagen, dass er ein Snob ist. Sowie er entschieden hatte, dass Daphne reich genug ist, hatte er es auf sie abgesehen. Sie wird ihn heiraten. Die Sorte bekommt immer, was sie will, und die beiden werden eine erbärmliche Ehe führen. Sie wollten bloß den Traum, Alice. Seien Sie ehrlich, und geben Sie zu, dass es vorbei ist.«

»Und wenn ich schwanger bin?«

»Wie wahrscheinlich ist das denn?«

»Nicht sehr, glaube ich.«

»Tja, dann ist vielleicht alles gut. Kommen Sie jetzt mit, ich lade Sie auf einen Drink ein. Sie sind ein hübsches Mädchen, und Sie sind jung.«

»Finden … finden Sie mich hübsch?«

»Ja, sehr«, log Hamish galant. »Was für ein umwerfendes kleines Ding habe ich gedacht, als ich Sie zum ersten Mal sah.«

Er half ihr vom Felsen, legte den Arm um ihre Schultern und brachte sie zum Wagen.

»Es ist ein herrlicher Abend, um am Leben zu sein«, sagte Hamish. »Denken Sie daran.«

Unter ihnen funkelten die Lichter des Dorfs im Halbdunkel. Das Zwielicht war von Thymian-, Kiefernharz- und Heideduft erfüllt. Ein Fasan flatterte neben der Straße aus der Heide auf, und unten in der Bucht tuckerten die Fischerboote hinaus.

Hamish zog Alice beiseite, als ein Wagen näher kam. Der schwarze Rolls wurde langsamer. In ihm saß Priscilla Halburton-Smythe. Sie trug ein weißes Abendkleid, und eine Diamantenkette glitzerte an ihrer Brust. Neben ihr am Steuer saß John Harrington. Priscilla sah Hamish an, dann zu Hamishs Arm an Alices Schultern und sagte schulterzuckend etwas zu John. Der blickte hinüber zu Hamish und Alice und lachte. Der Wagen fuhr weiter.

Alice atmete die aromatische Luft tief ein. Sie fühlte sich bereits besser. Hamishs Arm tat ihr gut. Sie sah zu ihm auf. Er sah gar nicht mal so übel aus. Seine Wimpern waren sehr lang für einen Mann, und das Rot seiner Haare faszinierte sie. »Sie haben recht«, sagte Alice. »Nur ein Narr würde um jemanden weinen, der ihn nie wirklich wollte.«

Hamish blickte den kleiner werdenden Rücklichtern des Rolls-Royce nach. »Habe ich das gesagt?«, fragte er und ergänzte so leise, dass Alice es nicht hören konnte: »Falls ja, bin ich wahrlich ein sehr großer Narr.«

Er half Alice in den Wagen, setzte sich hinters Lenkrad und blickte für einen Moment nur starr nach vorn.

»Ich frage mich das schon die ganze Zeit, Mr. Macbeth«, sagte Alice scheu. »Was ist ein DEB?«

Hamish legte den Gang ein. »Ein Dämlicher Englischer Bastard«, antwortete er. Die Reifen drehten kreischend durch, als er den Wagen wendete und in die Dunkelheit zurück nach Lochdubh fuhr.

Wenn der Müllmann ins Gras beißt ...

M. C. Beaton
HAMISH MACBETH
MACHT SICH DIE
FINGER SCHMUTZIG
Kriminalroman. Ein
spannender Cosy-Krimi
aus Schottland
Aus dem Englischen
von Sabine Schilasky
272 Seiten
ISBN 978-3-404-19312-7

Als Fergus Macleod, der schnell beleidigte und oft betrunkene Müllmann von Lochdubh, zum Leiter des örtlichen Recyclingzentrums und zum Umweltbeauftragten ernannt wird, wittert der schottische Dorfpolizist Hamish Macbeth bereits Ärger. Fergus wird durch seine neuen Befugnisse tatsächlich zu einem Tyrannen, und als seine Leiche in einer Mülltonne gefunden wird, tut es niemandem leid – noch nicht einmal seiner Familie ... An Verdächtigen mangelt es also nicht. Als der Täter ein zweites Mal zuschlägt, muss der schlaksige Gesetzeshüter schnell den Schuldigen ausfindig machen, bevor der Mörder sich aus dem Staub machen kann!

Lübbe

Das Opfer ist diesmal der Gärtner ...

M. C. Beaton
AGATHA RAISIN UND
DER TÖDLICHE BISS
Kriminalroman. Ein
spannender Cosy-Krimi
aus den Cotswolds
Aus dem Englischen
von Sabine Schilasky
ISBN 978-3-404-19311-0

Agatha hat sich verliebt – schon wieder! Diesmal ist es der hiesige Gärtner, George Marston, auf den sie ein Auge geworfen hat. Doch die Konkurrenz um dessen Aufmerksamkeit ist groß. Mit ihrer schamlosen Entschlossenheit ist Agatha bereit, alles zu tun, um den Mann zu kriegen. Sie stürzt sich sogar in Unkosten und unterstützt einen Wohltätigkeitsball – nur um mit George tanzen zu können. Als der Gärtner dort jedoch nicht auftaucht, macht sich Agatha auf die Suche nach ihm und findet ihn mausetot in einem Komposthaufen vergraben. Todesursache: Biss einer Giftschlange. Für Agatha ist sofort klar: Es war Mord! Und sie wird alles daransetzen, seinen Mörder dingfest zu machen!

Lübbe